白 日 梦

U0832563

千城

我多么想
和你见一面

郭敖／主编

×

七堇年 等／著

I Want To See You

北京时代华文书局

没低到尘埃里的种子，
是开不出花来的。

黑暗中尘埃仍在飞舞，
你我却几近落定。

目录
CONTENTS

我 多 么 想
和 你 见 一 面

写 给 每 一 个 自 己

韩寒_知名作家，导演，职业赛车手

最近三个月，看世间百态，人情冷暖，失落与收获都颇多。失落在于，我是纯正的上海郊区农村“屌丝”出身，无权无势，白手起家，本以为自己是一个很励志的“屌丝的逆袭”的故事，却硬要被说成一个经过多方神秘势力包装的惊天大阴谋；失落在于，北京有一个几面之交的“名流友人”，莫名编造了一个内幕，四处传播，让我心寒，我愿怀着善意，相信他是无心的吹水；失落在于，我自己，太过在意，害怕深文周纳，行文变得谨慎。收获在于，很多谋面和未曾谋面的朋友仗义执言，虽然都被打成利益集团；收获在于，十几年前的同学为我说话，虽然因为往事太过久远，回忆细节互相有偏差，被打成诈骗团伙；收获在于，我看到太多人心和各种面目，以后写小说刻画人物会更加精彩。

人的性格和处事风格不是一成不变的，尤其是十六岁到三十岁之间。我写过一些不错的文字，也写了不少烂文章，无论状态起伏，无论风格转变，都是一个人的成长历程，谁人能在十四年的青春里保持纹丝不动。

我在二十岁出头的时候主张抵制日货，是个民族主义者，2008年的时候开始反对抵制家乐福；我小时候主张打仗收复台湾，现在都不好意思承认自己这么说过；十七八岁时，我居然说，活着的作家中，写文章论排名老子天下第二，现在想起来都脸红，更让我脸红的是，当年我心中那个第一居然是李敖。我少年时装酷，追求语出惊人，这些话现在看来，很多都惹人厌恶，甚至还惹我自己厌恶，把各种傻话挖出来，总会击中不同的人。谁没有年少过，你在宿舍里说过的那些蠢话，你在树林里幼稚的表白，现在拿出来可不都得笑死。没有人永远和过去的自己一致，除非你不再成长。

接触过我的人都知道，我面对生人其实腼腆拘谨。这点从小到现在都未改变，也渗透进赛车和写作中。只要不是被踢走，我在一支车队一效力就是五六年；有合作的经历，只要没有意外，都会一直合作下去；酒店都选熟悉的住，吃饭永远去那两三家，点的也永远是那几个菜。我性格就是这样。也许因为我选择走的道路太不一样，充满未知，所以我很希望在日常生活里没有变故，不再有陌生的事物。我口才不算好，有人把我十几二十岁时的电视采访都挖了出来，挑了我回答得差的问题和我表现得木讷的地方拼接在一起，以验证我是一个草包。

是的，大家尽可以挖苦我，嘲弄我，也许有的人在二十来岁的时候上电视能出口成章泰然自若，比我强很多。今天我知道了口无遮拦的代价，知道了年少轻狂的代价，知道了直来直去的代价，知道了不设城府的代价，但明天我还会这样说话，外交辞令永远不会出现在我的嘴里。我在很多地方笨拙，嘴皮子也耍不好，所以我选择了写东西。面对键盘，我拥有我自己的世界，就像我倒车经常撞，停车老停歪，但戴上头盔，坐进赛车，我依然是个好的车手。这就是我的性格。人的性格未必一面，也不必必须符合其他人的设定。每个人的境遇和脾性都是不同的。你不能拿着标尺先裁量自己，再去宣判其他与你尺码不同的人都是伪劣产品。

我“反智”吗？是的，我反“弱智”，我还反各种束缚人的体制。我学历低，学识差，也有很多的缺点。我有恶趣味，但我最怕无趣；我口无遮拦，但我最恨道貌岸然。我常说错话，得罪人，也常道歉反思。此番我又发现我十七岁时写的书中有一句话错了，那就是“七门红灯，照亮我的前程”——红灯永远不能照亮你的前程，照亮你前程的，是你的才能。

在很多的采访里，我常说一句话：人，可以不上学，但一定不能停止学习。我也常说，为了避免早期作品中模仿他人的痕迹太重这个缺点，我不再看其他人的小说，但一定不能停止阅读，只有阅读，才会进步。硬要控制信息，断章取义，我也没有办法，也许我们读着不一样的书，走着不一样的路。我只是选择了做自己喜欢的事情，为了写作，我影响了学业，最后退学；为了赛车，我又几乎放弃写作，不计代价，孤注一掷。我运气好，都做得不差。

读这本书的每一个人，我相信造物者一定赋予你们特殊的才能，很多人只是没有发现而已。也许此刻，有很多“莫扎特”正在编程序，很多“舒马赫”正在写文案，很多“张曼玉”正在当前台，很多“李开复”正在做中介。我只是比很多人幸运，找到了自己喜欢又适合的。同时我也有很多比你们蠢笨的地方，怎么学都学不会。每一个人，纵然缺点一身，但必然有一些地方是长于他人的，那是你区别于他人的标记，也是造物者公平的地方，就看你能否找到这些标记。

没人能让所有人满意，所以让自己和你中意的人满意就可以。你所判定的一切，也许就是你自己内心的投影。人生就是一个不断接纳和抛弃的过程，就是一段迎接冷眼嘲笑孤独前行的旅途。KO不了你的，也许让你更OK；没让你倒下的，也许让你更强大。我也将尽我所能，向在乎我的人创造各种东西，绝不向厌恶我的人解释这是个什么东西。

最后我想到一部电影的结尾。朋友们，愿你带走我身上你们中意的那一部分，踩两脚讨厌的那部分。当你站在城墙上，拥抱着你所喜爱的那部分，回头看到人群里背身远去那个叫韩寒的家伙，不妨说一句：那个人样子好怪，他好像一条狗欸。

灯 下 尘

七堇年_作家，编剧，翻译

那天跟一个做独立电子杂志的朋友聊天，过去帮忙的全是他的朋友，凭一份兴趣做杂志，不问报酬，也没有报酬，五年下来，陆陆续续都走了，如今只剩下他一个人。

跟他在QQ上聊了很久，后来我问他，你那些编辑呢，去哪儿了？

他说，去生活了。然后，就没有然后了。

两个人都沉默在那儿，也不知道说什么好。

2010年我从香港毕业，出了新书，被拉去全国签售一圈。那种累不是体力的累，而是心累。感觉像被人牵着当戏看，心像个想飞的热气球，吊篮里却挂了太多沙袋，怎么都飞不起来，胀得快要破掉了，一看，还在原地。

那年年底，回到老家，宅着。天天手脚冰冷，冷得发抖——我真是觉得，从来没有那么冷的冬天，我可是在北方下雪的时候都只穿单裤出门的人。那会儿生活空荡荡的，喊一声都有回音；大雪天一个人骑车去游泳，泳池浮着薄冰，咬着牙扎进去，那滋味儿，真痛快。

世上能逼死人的东西太多了，迷茫也算一个。一时间我找不到事做，什么都找不到了。抑郁症复发，严重得……没法跟别人说。每天专心致志地想死的事情，专心致志地想。没人理解，我自己也不理解：没缺胳膊少腿的，又没饿着冻着，抑郁什么，比比非洲难民，好意思吗。

老妈看出来什么，小心翼翼地拿崔永元的事迹鼓励我，说："你看人家崔老师，抑郁了就休息，出来做《我的抗战》，一个人走走长征路，不也挺好的吗？"我苦着脸说："他是谁啊，我要能是崔永元，我才不抑郁呢！"老妈说："你这么想就不对了啊，别人还会说呢，他要是你，他才不抑郁呢！"

为了开处方药，去看医生。医生跟我说："我知道这病很难受，别人也体会不了。就像你得了肝病，你疼，别人知道你疼也帮不了你，只能自己治，抑郁症一样的。别人可能还不相信你疼，更没法帮你，你只能靠自己。"

闲得发慌的日子，我不知道自己能做什么，该做什么。想过做杂志，但做杂志的人太多了，全都同质化，再做也没有意义。纯写东西吧，那会儿不知怎的，可能青黄不接吧，年少时什么都敢写的劲儿过了，该成熟的又没熟透，所谓瓶颈期吧，没法写。

做什么好呢，就这么漂着吗？漂泊之所以让人羡慕，那是因为你只见到了漂上去了的，没见过沉下去了的——后者才是大多数。什么事儿都是听上去很美，到了实处，要拿胆子来说话，心里掂了掂分量，这胆子我还真没有。

只受得起普通的苦，那就只要普通人的生活吧。于是我开始渴求一份稳定工作，我觉得，找到了工作，就什么都好了。别人听说我要找工作，都问我："你还找工作？你找什么工作？你不好好写东西，你找什么工作？"哎，能逼死人的，流言也算一个。姑且只能走自己的路，让别人说去了。看到一个招聘消息，立马把简历递过去了。体制内的事儿，大都是拼爹。我没爹，娘也没得可拼，但还是象征性地找了找，拐着弯儿地联系上那个书记。后来听说，我妈妈一个朋友的朋友的亲戚的孩子，去年被硬塞进那个单位里面去了。他们家是做房地产的，不差钱，意思意思花了二三十万吧。那孩子，可是专门坐头等舱飞香港去，就为了看一场3D《肉蒲团》的。

死马当活马医吧，知其不可为而为之，心里又悲壮，又凄凉。我和我妈就拿着简历，花血本买了两瓶酒，再商量半天，有点心疼地塞了个红包在简历里，跑了四百公里长途，去拦那个书记。好不容易找到了，不吃不喝在书记家楼下等了一天，把他等出来了，我远远地看着母亲觍着脸过去，递上我的简历和酒，书记不耐烦地挥挥手，没说两句就走了。

南方的冬天本来就阴灰，我酸得泪都快掉了。

当天我们赶回老家，一路上走高速，老妈一路说风凉话，把我写东西得来的那点可怜的自信给踩得一无是处，总之很难听。“出了你们那个圈儿，你就什么都不是——说白了，就算在那个圈儿里，你也什么都不是！别不知天高地厚了，一天到晚矫情……”有时候，亲人的狠话最伤人，我一路泪流满面，小小年纪，心如死灰的感觉居然都有了。

那天到家是晚上九点，累极了，一脸泪盐，腌得面皮紧绷发痛。我什么都没说，洗洗就去睡了。爬上床的时候，掀开被子，打开床头柜上的台灯——在一束灯光下，才看到有那么多灰尘。黑暗中，灰尘什么的，没人看得见，打亮了一束灯光，你才看得到，原来有这么多。

那个瞬间我突然想，如果说写作还有什么意义的话，那就是，作品就像一盏灯，照亮了你原本看不见的灰尘。它们仿佛都是活生生的人，都在活生生的生活中飞舞，是你我。如果不是因为一篇文、一本书，你可能不会知道有怎么样的一群人，生活在怎么样的一个世界中。而有时候，知道有另一些人和你过着一样的生活，经历着一样的辛苦，抑或和你过着完全不同的生活，经历着完全不同的辛苦，都是安慰。邱妙津说：“尽管人是这么地让人失望，但人还是这么地需要人。”后来，那份工作，反正也找不到后门，就从前门走吧。硬着头皮面试，问什么答什么，讲了半小时。出乎意料地，他们说我英文很好，录用了。

就这样，我也打算去生活了。

工作一年半多，每天一粒帕罗西汀，抑郁症渐渐好了。又开始觉得日子少了些什么，忍不住想想，如果当初就着性子不工作，是不是现在很清闲，春花秋月，花下喝酒，周游世界；哪像现在这样，忙得四脚朝天。

原来不光是选老婆，生活也是红玫瑰白玫瑰：梦寐以求的，未必有想的那么好——有了就知道了；从前看不起不要的，未必有那么差——没了就知道了。

生活像一只榨汁机。没时间写作，没时间思考，累得像条狗一样爬回家的时候，安慰着自己，生活不都是要么激情四射，要么春花秋月的。有多少人和我一样堵在上下班高峰的路上，呼吸着尾气，累得梦都没法做了。要是人人都去喂马劈柴，周游世界，GDP谁来贡献？

没低到尘埃里的种子，是开不出花来的。

微博上有人发了一条：“你苦战通宵时，布里斯班的灯鱼已划过珊瑚丛；你赶场招聘会时，蒙巴萨的小蟹刚溜出渔夫的掌心；你写程序代码时，布拉格的电车正晃过金色夕阳……有些人听了叹息一声继续宅，有些人则立刻出发，却不知道怎么回到正常世界。其实，亲爱的，穿着高跟鞋走好每一步，你才能知道换上跑鞋的时候，要去哪里。”我留了个言："在布里斯班的人也要鏖战通宵，蒙巴萨人或许还期待当地能有招聘会，布拉格也有程序员。旅行就是离开自己待腻了的地方，去别人待腻了的地方看看。"万能青年旅店真牛啊，写得出"是谁来自山川湖海，却囿于昼夜、厨房与爱"这样的词儿，让人忍不住要细细想，可又忍不住强迫自己，不要多想。

关上灯，睡吧。黑暗中尘埃仍在飞舞，你我却几近落定。

八　支　烟

蒋离子_作家，编剧

宁远

他数了一下，还有八支烟。

先是骤雨，车子是无助的孤舟，那对大灯闪得有气无力。再是抛锚，预料之中的。

他逐一翻看着存在手机里的659个电话号码，想象这些人接到他求助电话后的反应。仅仅是想象，却不肯去联络他们中的任何一个。当然可以叫拖车的，只是，他怕再也没有机会受困。荒野外，风雨天，一个男人和他的车凝结在此——有些东西随之静止。

副驾驶上有一束花，裤袋里有一枚钻戒——很显然，这套装备是求婚用的。婚期早就定了，求婚无非是走个形式。她想要，他可以给，况且这是他能力范围内的事。

五年了，她在他手机里的称呼从章小悦、小悦、悦、宝贝……一路演变成了三个月前的“老婆”。是她偶然翻看他手机时，要求他改的：“喂，难道不应该改成‘老婆大人’吗？”

结婚，是因为章小悦老了。她开始自嘲，去超市不再需要购物袋，反正她有俩眼袋。对于她逐渐丰满的体态他没有意见，但是她说这个社会的主流审美观对此很有意见，由不得他。这些都是次要，关键是言行举止，她已经具备已婚妇女的言行举止。他难免自责，似乎这些年并未善待她，并自知再找不到比她更合适的伴侣。

点了烟，是他一直喜欢的醇正淡雅口味。上午到公司才发现烟没了，卡美从她的抽屉里拿出一包：“想着你会有断烟的时候，就备了几包。”

他笑：“别藏着掖着啦，都给我拿出来。”

“男人就是贪心，吃着碗里的，看着锅里的。呵呵！”卡美笑得很优雅，是驰骋职场多年修炼出的独门绝招，“对了，听他们说，你要结婚了？”

“他们是谁？”

“请正面回答我的问题：你要结婚了吗？你要和章小悦结婚了，对吗？”

“对。”

“我以为会半路杀出一匹黑马的。”

“章小悦跟了我五年，大家都到年纪了，该安稳下来的。女人嘛，是要名分的。”

“可是，我也跟了你五年……”

他懵了一下，说不出话来。卡美拍拍他的肩膀：“我一毕业就成了你的同事，一晃不也五年了吗？”她微笑着走开，到门口时，忽然扭过头，“宁远，如果我是你，我也会娶章小悦。”

一次，销售部的杰明开玩笑：“卡美，你别去相亲了，干脆让宁远收你当二房呗。”

她撇了撇嘴，很认真的样子：“要当就当正室喽，二房算什么？不过呢，我一天最少有八个小时和他在一起，搞不好宁夫人还要眼红我呢。”

她说这话的时候，也拿眼睛去看他。他没有躲闪，直视着她，说：“对，以后走路小心些，章小悦要拿硫酸泼你的。”

烟灰落在裤子上，他懒得去掸。看了看表，下午两点整。这个时候，章小悦还在午睡；至于卡美，也许已泡了热咖啡在等他。

阿莫

依稀看到前面是一条废弃的铁路。

是怎么开到这里来的?

吃了午饭，他径直去花店拿订好的玫瑰。本来傍晚取了玫瑰，接上章小悦去餐厅便是了，他又怕自己没那么早下班。自从当上人力资源部经理，琐事就多了起来。最近公司在裁员，人人自危，难免有找他探口风的，下班后被堵在办公室或者被拉去吃饭是常有的事情。

走出花店，偏偏遇到杰明。杰明身边跟着个姑娘，发出“咯咯”的笑声：“那么大束的玫瑰，我也要。”

他朝杰明挤了两下眼，意思是，新换的女朋友?长得还行啊。杰明自然得意，要邀他去喝咖啡。他不肯去，生怕杰明要问裁员的事情。他不过是裁员的一把剪刀，而剪刀是握在董事会那帮人手里的，能够留下谁，他怎么有权力决定?

他露出为难的神色：“真不好意思，我还有点事。”然后赶忙上车，一路疾驶，离了城，暴风雨随后也就到了。

第二支烟在煽情的电台情歌响起时被点燃，他喜欢听，却不爱唱。章小悦说他是不爱“秀”的人，而当下流行的就是“秀”。正是不会“秀”，当了四年的市场部副经理始终没去掉这个“副”字，一年前倒是升迁了——人力资源部经理。但谁都明白，市场部的油水要肥得多，他其实是被降职了。小职员是拿来牺牲用的，作为无职无权的小中层，又何尝不是呢？

也曾埋头苦干过的。那时还是小业务员，拉进第一笔大单，带了同事们去K歌。就是那个晚上，他从KTV回到公寓，发现阿莫不在家——她连同她的一切集体消失了。打了电话去，阿莫说：“我们需要冷静一段时间。”

他知道的，阿莫是打定主意要分手了，这是他们唯一的结局。他没钱，没钱也就算了，问题是他的人生理想还真的就是当个小职员，能够混个部门主管就差不多了。实际上他理解她的选择，并且备感轻松。单身就单身吧，至少，落了个无牵无挂。

单身不到半年，遇到了章小悦。说来也奇怪，她似乎真的是他的福星。恋爱未满一年，他就升任了市场部副经理，两年后房子和车子竟都齐了。他们说章小悦找的这个男人是“绩优股”，她的眼光果然独到。

阿莫在之后的日子里时有出现，好几次是为了向他借钱。有一次被章小悦发现，执意要同去，她说没什么好生气的，前女友落难了还晓得伸手帮一把，说明他重情重义。

章小悦把一沓钱轻轻推到阿莫面前，阿莫笑了两声，起身离去。章小悦怎么会事先准备好钱的？他本来已取了钱放在包里，正要拿出来给阿莫。章小悦终究是生气了，并且不动声色地狠狠地羞辱了阿莫。阿莫从此不再和他联系，哪怕一个节日祝福的群发短信也无，彻底到他们似乎不曾相识过。

章小悦羞辱了阿莫之后，并没有兴高采烈，而是连声叹息：“唉……你以前的眼光啊……”他这才明白，章小悦是个厉害角色。爱他并竭尽全力占有他，还为此费尽心机的女人，这世上并不多，简直是屈指可数——第一个是他妈，紧随其后的便是章小悦。

杰明

车上有张今天的早报。

报纸里的城，繁华如锦：某民营企业家致富不忘回报社会，决定修复一座已经垮塌数年有上百年历史的古塔；秋季进补养生指南；如何选购中秋月饼；离异有孩稳重多金男一名，征温柔贤惠女友，二十三岁以上勿扰；单身女硕士一名，诚意交友，公务员优先；“不夜城”广场即将动工，这个城市的夜晚不再寂寞……

寂寞。章小悦每天晚上要跳有氧健身操，她说，跳的不是操，是寂寞；杰明的微信个性签名是：老子追求的不是业绩，是寂寞；失恋的表妹在博客里写：我离开的不是你，是寂寞。

他不禁哑然失笑，原来周遭的一切并不是热闹，是寂寞。现在，他困在车里，车困在雨里，似已被城市隔离在外——寂寞与他无关。

雨点落在车窗，“啪啪”作响，荡开去，缓缓蜿蜒，划出道道深浅不一的水痕。车厢里骤然响起喜庆的《金蛇狂舞》，这是他专为公司分管人力资源部的副总设置的来电铃音。副总姓金，身材细瘦，加之善变、易怒——很符合此曲的意境。

“你不在公司？”

“金总……我……”

“我已经把这次裁员的名单拿给卡美了，你和他们好好谈谈，我相信你的能力。小宁啊，公司这批年轻人里，数你最稳重。记得我举荐你当人力资源部经理时，个别领导有意见，说你不善言辞。我说哪条法律规定干人力资源的一定要巧舌如簧？找个能说会道的太容易了，可是像小宁这样的实在人太少啦！”

“我老实，所以不适合做销售……”

“销售部嘛，铁打的营盘流水的兵，进进出出起起伏伏的事情你还见得少吗？说白了，在那儿待着不是长久之计。销售部这次就被裁掉了好几个，包括杰明。”

“怎么会？”

“你和他是同一批进公司的，有感情，我理解。”

“为什么是他？”

“为什么不是他？小宁，难不成你想要那份名单上出现你的名字？记住，不该问的，咬破嘴都别问。知道你准备结婚了，事情多，今天就给你半天假。下次开小差别叫卡美帮着掩护，会连累她的。当初你调入人力资源部，你要求卡美跟过来当人力资源部副经理，要不是我力挺，能那么顺利？不过，现在风口浪尖，人人自危，先学会保全自己吧。”金总终于挂断了电话。

打火机没气了，按了很多次都打不着，他从公文包里摸出另外一只，猛吸了几口烟后，拨通了杰明的电话。

“干吗？你好像不在公司吧？”

“嗯。”

“听说裁员名单下来了……”

“哦……我下午请了假的。”

“这个假请得够艺术。”

“那是……呵呵……”

“别装了，我知道自己上了那份‘黑名单’，留点精气神去做其他人的思想工作吧……”

长长一截烟灰落在他的皮鞋上，一双他早上临出门前章小悦擦拭过的皮鞋：“好好工作哦，老公！”

好好工作。

思思

他晃着烟盒，还有五支烟，便点了一支。他是大学时代开始抽烟的，其实没有瘾，无可无不可。工作后，烟成了沟通交流的工具，这才左右不离身的。

摇了车窗探出头去，雨点打在他的脸上，微痛，还淋湿了夹在指尖的烟。乌云渐散去，天色也亮起来，大雨却没有减轻攻势的迹象。白蒙蒙的水汽和白晃晃的光亮交叠在一起，很是刺眼。

电台女DJ的声音略带沙哑："我是思思，下着雨的午后，我坐在这里，你们会在哪里？我不停说话，你们不停倾听，可是电波消失后，我们仍然形同陌路。每一次在节目接近尾声，说完最后一句道白，关上话筒的瞬间，我会被一种巨大的落寞所包围。我只是一个对着空气说话的人，一个孤独的倾诉者。因为你们的倾听，我的存在才有了意义。在节目之外，我保持必要的沉默。要说的都已经在这里说完了，剩下的就只有秘密。秘密是要埋进土壤，永远不要期待它生根发芽的。你们的秘密可以告诉我，我负责将它们深藏，直到有天你们学会遗忘，请相信时光的力量……"

他不懂什么是时光的力量，她的节目却有催眠的力量。他打算小睡一下，便把音量调低，将手机换到会议模式，又去调试座椅，想让它往后伸展，它却始终纹丝不动，挑战着他的耐性。罢了，罢了，他索性把小半个身子伏在了方向盘上，不小心碰到喇叭，吓了自己一大跳。还没缓过神来，裤兜里的手机开始振动。

是卡美发来的短信："那么大的雨，你在哪里？裁员名单已锁进保险柜，我没敢看。怕。"

他犹豫着，隔了十几分钟才回电话过去："你身旁有人吗？说话方便吗？"

"等一下我给你打过来吧。"

听得到手表里秒针走动的"嚓嚓"声，低头去看，下午三点半。章小悦应该结束午睡去美容院做面膜了，这个月敷的是海藻泥。是他要求章小悦辞职的，好让她专心筹备婚礼，工作可以婚后再找。公司总会好起来，他也早晚会加薪的，况且还有股票呢，总不至于一直那么背吧……只要她愿意，是可以选择当全职太太的。

五分钟后，再次听到卡美的声音，它似乎穿过这场雨而来，粘带着潮湿冰凉的气息："宁远。"

"雨真的很大，卡美。杰明被裁员了，卡美。我要和你说些什么呢，卡美？"

"我来说吧。杰明走了，我可能也会走，这就是现实。这批裁员名单里没有我，谁知道下一批有没有我。即使侥幸逃过，我难道还能一辈子待在这个公司？一辈子好长的，夫妻也未必能相守到老。不过，我还是祝福你和章小悦。"

"你要辞职？"

“那倒没有。”卡美在笑，“呵呵，有人问我为什么可以长达五年坚守同一家公司，坚守同一个上司，毕竟，这个时代的特质就是无穷无尽的变数。”

“为什么？”

“因为你在我身边。呵，你有一种安稳人心的能力。”

“我自己的心，它是乱的。”

“像淘气的孩子，闹腾几下，就又乖巧可爱了。无妨的。”

“忽然想起辛弃疾的‘瘴雨蛮烟，十年梦，尊前休说’。”

“我不懂，但我在听。因为我是你的搭档卡美，我们并肩作战，至少现在还是。你需要我，这就够了。”

卡美

一场秋雨一场寒。

昨天夜里还赤膊躺在沙发上看报纸，章小悦扔过来一条毯子，他摆手：“我不冷。”

“身为一家之主，作为顶梁柱，请保重。”她不由分说替他盖好。

他极不喜欢这感觉，掀掉毯子，起身去书房，她倒是很有耐心，抱着毯子跟过去。他放下报纸，略微恼怒：“我去洗澡总行了吧？”

“水还没热呢。”

“那我睡觉，可以吗？”

“你没洗澡呀。”

“章小悦，能不能让我专心看会儿报纸？”

“能，要么穿上衣服，要么盖上毯子。”她前半分钟还乐呵呵的，这句话刚说完却哭了，“我这是在干什么啊，热脸去贴你的冷屁股！你个浑蛋！睡觉打呼噜，吃完就放屁，生活没品位，你还有脚气……你……”

他将手里的报纸撕成两半：“不想过，就拉倒。”

“婚期都定了，你现在才说不想过？是我太容易到手，对吧？你都没求婚呢，我倒默许了要当你老婆。我的眼睛长到脚底下了，才看上你这个没心没肺的玩意儿！”她把怀里的毯子摔到地板上，踩了两脚，转身就回卧室，开始收拾东西，打包，装箱，作势要离家出走。

他捡起毯子，走进卧室，拍拍她的肩膀："章小悦！"

她扭过身子，不让他碰。他披了毯子，去捏她的脸。

"哎呀，都被我踩脏了，你还披着它！快拿下来！"

"那你还走不走嘛？"

她扯掉他的毯子："走，我能走去哪儿？转眼就快更年期的女人，我能走去哪儿？"

"你三十岁都没到，哪有这么早就更年期的？"

"摊上你这样的老公，我的更年期不提前才怪。"

他以为，日子过到这里，是一层层剥开附着物，显露出彼此本质的时候。亲密，所以优缺点皆无法藏身，甚至，有的优点会因某些原因衍变成缺点。当然，他和章小悦也从郎才女貌幻化成了豺狼虎豹，他相信这是爱情的真相，并努力接受现实。其实又有什么关系呢？郎才需要女貌，豺狼也需要虎豹，不然，他们该有多孤独。

第五支烟抽得有点慢，吞进喉咙的烟雾吐出来，闻到来自嗓子眼儿的上火的气息。

上火？呵呵……如果章小悦知道他这个下午的行径，也会上火，她将认定他的行为是有悖常理的——车子抛锚，可以叫拖车，为什么要故意困住自己？困住自己，难道是不想见她？不想见她，为什么打定主意要娶她？不想娶她，应该早点通知，何必待她人老珠黄？他这是在耽误她！

卡美问过他："你做得已经够好，章小悦还有什么不满意的呢？"

问这话的时候，是在公司的年终酒会上。他们举了杯子，倚着宴厅外面大阳台的栏杆，看那个冬天的第一场雪。卡美在白色乔其纱露背礼服外头罩了白色羽绒服，像刚出笼屉的包子，却也娇憨。

他说："等你有了男朋友就会明白，你是永远不会对他满意的。"

"我一直以为我是有男朋友的。我和他似乎相爱，在某些瞬间。只是，他从来不属于我。"

他摇着杯子："你喝多了。"

她脱掉羽绒服，把它挂到他的臂弯，独自朝宴厅走去。那截白皙的腰背晃啊晃，终于晃出了他的视线。

阿岚

雨势忽强忽弱，像舞者跟不上节拍，有些莽撞无措。

儿时，住的是土房，雨敲击在棚上，“砰砰”作响，而且雨滴会漏得满屋子湿湿漉漉；十九岁那年，家里砌了瓦房，母亲说新房是留给他娶媳妇用的，不料那年他考上了大学。既然已考上大学，就得脱离寒门，要一心一意做个城里人。如今，比他小六岁的表妹阿岚也已大学毕业，来本城投奔他了。

前阵子，他很是为阿岚操心。好不容易帮她在一家外资公司谋到了财务助理的工作，事业上还没任何起色呢，倒先和同事谈起恋爱了。人家公司明文规定不能和同事风花雪月的，阿岚算是撞枪口上了。那个男同事为了保住自己的工作，坚决要和她分手。她一怒之下辞职走人，连工作都不要了。用她自己的话来说，是“破釜沉舟”，当然，她没忘加上一句“东山再起”。

失业又失恋的阿岚隔三岔五到他家蹭吃蹭喝，章小悦倒不计较，只是催促她尽快找份工作，也没少为这个准小姑子奔走。阿岚不比城里姑娘，热情开朗是有的，只欠一点落落大方，章小悦怕她上不得大台面，又帮着由内而外包装形象。

工作终究是找到了，阿岚的前男友又捧了花来道歉，想破镜重圆。阿岚年纪轻，经不起花言巧语，坚决要和那小子破镜重圆，却愁坏了当表哥的他。他有点恼怒："你眼睛要擦亮的，别说我没提醒过你，下次再被甩的话，千万别哭哭啼啼来找我。"

阿岚嬉皮笑脸："哟，还发火了。行，下次我绝对不来找你，我直接打包回老家，也没脸在这个城市混下去了。"

"为了保工作就舍你，说明你在他心里不重要。"

"那我问你，如果你和小悦姐在一个公司上班……哦，这个不成立……如果你和卡美姐相爱了……小悦姐，你不介意我这样比较吧？"

章小悦笑笑："不介意的。"

他摇头："没影的事！别转移话题！"

"阿岚，你表哥他们公司没那破规定的，要恋要爱尽管折腾，还能弄个双职工呢！"章小悦拍着沙发大笑，"不过话说回来，要是没有我，他们没准真能成！"

阿岚自知口无遮拦惹祸了，找个借口就开溜，他拉都拉不住。此后她就没给他打过电话，更别说来蹭吃蹭喝了。他也端着架子，心想总有一天她受了委屈会跑来的，这个城市里，他是她唯一的亲人。

这支烟抽得有点狠，只剩下光秃秃的烟嘴，他拨通了阿岚的电话。

“阿岚，最近忙吗？

“还好啊。有事就说吧。”

“哦，其实是你小悦姐学了几个新菜，叫你周末过来尝尝。”

“唔……”她的回答有些模棱两可。

他几欲挂断电话，她忽然冒出来一句：“你说的对，那个男人靠不住。这次，是我甩的他。”

原来之前的忧虑是全无必要的，他也只好说：“想明白了就行。”

“表哥，你放心吧，我会很坚强的。”

“坚强？人一旦坚强，就会失去很多乐趣。你不懂的，最好也别懂。”

莎拉

他正在抽第七支烟。烟雾绕成迷离的曲线，他伸手去抓，当然是空的。

想到空，不免有点万事皆空的感觉。他似乎快不行了，像要上二十八楼，电梯偏偏出了故障。他不肯承认，但确实爬不了那么高。

公司组织员工上企业内训，正式上课前会要求大家站成一排，大声地连续呼喊："我能行！我能行！"

他有些不好意思，吼得有气无力，不知道为什么喊不出口，即使是那么简单的三个字。

内训师莎拉给他一张便笺纸："写下你现在所拥有的一切吧。"

他写了很多，比如车子、房子，当然还有父母、女朋友、朋友、同事……莎拉摇头："唯独没写你自己呢。人能够把握的只有自己，你倒忘记了自己。"

他是知道莎拉的，年近四十的女人，离异无孩，独居，养一只苏牧。内训课每月一次，下课后他们会一起喝杯咖啡，多是她在说话，他侧着耳朵听；有时也未必是在听她，倒喜欢咖啡厅里的背景音乐。

她拿捏咖啡杯的手指并不纤细，圆润得像她被黑色职业装罩起的身体。偶尔她会脱掉外套，白衬衣上的水晶扣子很有礼节地开到第二颗，不太修长的脖子上挂一条白金项链，没有吊坠，或者吊坠被淹没在第三颗扣子里？不得而知。

她往往是轻声慢语的："我能教你们，唯独不能教自己。"

"嗯……"他并不惊讶，"医者难自医。"

“知道什么是‘爱无能’吗？”

他摇头。

她站起来，侧身，一手撑桌，看着落地窗外的一棵树：“对爱情失去了安全感，甚至害怕，再也不能享受到爱情的甜蜜和喜悦，这便是‘爱无能’。离婚之后，我就患上此病啦。如果可以，谁也不愿意孤独终老，对不对？我常讲，要热爱生活，不管生活是否爱你。对于我自己，却是永远无能为力。有些人是输不起的，一次倒地就再站不起来，我就是这种人。”

他翻着菜单：“来一块提拉米苏？”

“什么？”

“章小悦情绪不好时，是要吃提拉米苏的，她说甜点让人充满愉悦。”

莎拉捂着嘴笑，身子还是侧着，脸倒转过来了：“我情绪不好是要喝酒的，你陪我？”

他也笑：“叫上杰明和卡美呀。”

她低头看表：“还是改天吧，待会儿我还有事。”

现在想来，莎拉多少有些暗示的意味，他又不是很傻。暧昧不好玩，特别是办公室里的，这就是他和卡美一直是同事的缘故。她们自然都很好，莎拉或者卡美，甚至，她们有些地方比章小悦更为动人。

章小悦问过他：“你以后会不会出轨？”

“保守估计的话，我不会。”

“要抵御那些五光十色的诱惑，你行不行啊？”

他没有回答，哪怕是轻声说一句“我能行”。

但驽钝如他，其实也分得出什么是爱情。

有一回他差点出车祸，命悬一线之际，想的是，没有他，章小悦怎么办？

小悦

雨停了，他不知它是什么时候停的，已经不再重要。没有雨点敲打车窗的声响，收音机也关了，是安静的——但，安静有时候比喧嚣更可怕。他从车上下来，拎着外套，长叹一口气，坐在田埂上，沾满雨露的草芥弄湿了他的衣裤，凉意渗入肌肤。就这样，他仿佛和不远处的城市一起平息下来了。他和它，总算可以平等地坐下来互相审视了。

雾气弥漫开来，他点燃一支烟。倒像是梦境——一个来自山乡的年轻人背着行李，坐着拥挤的火车一直晃到这里。他随人流的涌动进入城市，无措地观望着它，那些楼房、汽车、行人、店铺、商厦；而他，即将投奔它，开始新的生活。他将在这里扎根，孕育他的后代，他们不必再像他似的奔波，因为他们生下来就是城里人。

他第一次带章小悦回老家，是去年春节的事了。山乡的节日是热闹的，戴着红色绒帽的章小悦笑嘻嘻地走进了他的家。母亲备了一桌好菜，上前拉住未来儿媳的手，用半生不熟的普通话与她交谈。章小悦坐下来喝了口茶，就开始帮忙拿碗筷、盛米饭。她对一切都不好奇，包括没有粉刷的墙壁、屋子里四处乱窜的鸡鸭、吸着鼻涕来看热闹的邻家孩童。

大年夜，他们在院子里放鞭炮，火光映衬着她的脸，红彤彤的，他看得有些失神。有几次他想问她是否喜欢他的老家、他的父母、他的乡亲，话到嘴边，又吞回去，因为她总是会用行动告诉他，她是热爱这一切的。她热爱，当然是因为他。

母亲也说，章小悦是真的喜欢你的。

他掏出手机，决定给这个女人打个电话。她没有接。她会在干吗呢？美容应该结束了，那么是在逛街吧？这就是她的生活，他似乎应该保持尊重。每次购物，她都会顺便给他淘点东西，领带、袜子、内裤……就是这些零碎的小玩意儿，让他不好意思责备她乱花钱。毕竟即便是在山乡，每逢赶集，母亲也会揣着钱兴高采烈地去。

几分钟后，章小悦打来电话："老公，有事啊？"

他笑："没事，想问问你在干什么呢……"

"不告诉你。对了，我们晚饭吃什么？听说新开了一家西餐厅，但是很难订到位子呢。你问问卡美，她上次跟我说她有朋友在那里工作的，没准能帮忙。"

"卡美啊？麻烦人家总不好意思吧。"

"这话说的，你们是什么关系呀。"

"我们是什么关系呀？再说了，晚饭我另外有安排的。"

"好同事呗。不过，我看她对你有那么点意思的。既然是我章小悦的男人，有女人觊觎很正常的。哎，小姐，我要的是红色那双……老公，我在试鞋，不和你瞎扯了，既然晚饭你安排好了，等下直接到百货公司接我……"她挂断电话。

他是订了餐厅的，那是他和章小悦第一次吃饭的地方。他应该说些什么呢？把花和钻戒递过去，她就会明白的吧？至于单膝下跪，他不想出这个洋相，除非以后再不到那里吃饭。

终于叫了拖车，他立在车外等。轻薄的雨丝飞落下来，打湿了燃在指尖的最后一支烟。他浑然不觉，仍在那里吸，好像它从未熄灭过。

毕 业 祭

陈谌_人气作家，「一个」APP常驻作者

这是一个短暂仓促却又冗长的故事，或许它并不需要用一个过分悲伤的语调来叙述，谨以此文献给所有变成过去的人。

1

毕业论文答辩结束的时候，我一个人缓缓地挪回寝室，一路上阳光明媚，鸟语花香，湖边还有三五成群的游客在饶有兴致地拍着照，一切都是那么恬静而慵懒，给人一种美好的错觉，就好像这个世界上未曾有过战乱、饥荒和贫穷一般。

然而只有我默默地在想，得了，差不多就这么回事儿了。

前一天晚上为了准备今天这个该死的答辩，我坐在电脑前弄了整个通宵的PPT，最后只做出来三张幻灯片，而且第一张是论文题目，最后一张是“Thank You”的致谢，恰似一片两面都撒了点面包屑，却依然大言不惭坚称自己是个三明治的烂火腿。尽管我在太阳刚升起的时候写出了一份答辩稿，连问候语都一丝不苟地加了上去，但很遗憾的是，这点佐料并没有让我的这份毕业大餐变得可口，反倒把自己给噎得不行。

我记得我用三分钟说完自己的命题后，答辩老师一个劲儿地问我，“What's your point”（你的论点是什么），论文中所提到的“Metaphor”（隐喻）究竟是什么……搞得我一头汗，心中暗叫不妙，毕竟稿已念完，弹药已尽，现在拒敌不成，革命大业尚不能成功，既然兵临城下，只得以刺刀肉搏之。我情急之下弱弱地问老师一句：“我能用中文回答吗？”老师点点头，我心中一喜，发表一通高论，最后终于把老师说得满意了，遂昂首挺胸下台，深藏功与名。

下台后的我一阵晕眩，颇有上完厕所提起裤子那一瞬间的空虚感。我一脸嫌弃地低头看了我的毕业论文一眼，心想这坨屎的历史使命终于结束了，可以随着青春一并冲进下水道了。而我今天为它所做的“辩护”，并不能增加它多少价值，反倒徒增了摁下冲水键那一刻的悲伤，就仿佛准备告别所有那些你曾为之努力付出了很久，最后却发现没啥用的东西一般。

我歪着脑袋想，作为史上最渣的英语系毕业生，当我站在台上和自己的学术生涯告别的时候，说的竟然是中文，实在是太给老师们丢脸了。不过好在老师们在毕业的季节，对于学渣往往都会保留几分最后的温存，不然刚才那个曾经挂过我科的老师，缘何多看了我两眼呢。

我绕过林荫道，拐到食堂去买了瓶水，坐在路边咕咕咕地喝了几口，心想这个夏天终于还是不可逆转地来了，就像我们终将逝去的大姨妈那样。犹记得去年夏天看着学长学姐们卷铺盖的时候，我趴在窗口和小Y说：“你知道吗，当夏天再来的时候，我们也要骨碌碌地滚蛋了。”然后他就开始咿咿呀呀地唱起那首不着调的*Wake Me Up When September Ends*，像是在提醒我，你的离情别绪预防针打早了，不妨等到九月末再伤怀。

在经历了那年的夏天、秋天以及冬天后，我终究还是再次嗅到了水泥马路的焦煳味儿，听到了蝉鸣声，于是我猛然意识到，时间的齿轮终于还是无情地把我们推到这么个咬合处，而所有人都将在这个六月完成救赎，被捣碎成块，再研磨成精细的粉，撒向那一个个未知的未来。

可是此刻的我却没有丝毫的悲悯或是怅然，更多的是一种迟滞的酥麻感，像是被硬物刚刚击中时还没来得及尖锐起来的钝痛。我记得之前看过一个笑谈，说恐龙之所以灭绝，是因为它们的反应太过迟钝，被石头砸到后要过两天才能感受到疼痛，因此在交配的时候，雄恐龙不能射精，而是在两天后才觉得爽，于是就这样冷不防地射在了草地上、小溪中、泥土里。

我想我或许就是这么一只恐龙吧，至少当我明白自己今后再也不会以这样的身份坐在教室里的时候，还没有开始酝酿起这深沉而庞大的悲伤。

2

答辩结束后的日子开始变得兵荒马乱起来，颇有一种树倒猢狲散的即视感。

我除了宅在宿舍里打打游戏看看电影外，脑袋里也一直盘算着，究竟还有几个老友、学妹、旧情人需要在毕业之前最后见一面吃个饭。尽管我向来不喜欢这种形式主义，但一想到也许有些人就像传说中那样，毕业后就真的一辈子再也不会见到了，我也难免忍不住要去做这样煽情而矫情的事情。

那天在宿舍里的时候，小Y问我："你真的打算每个妹子都要挨个儿见一遍吗？"我悻悻然地挠了挠后脑勺说："太多了，见不过来，只能挑几个重要的见见。"这个时候小胖在一旁冷不丁地插了一句："你知道吗，我前几天在宿舍楼下看到Lina了，她男朋友骑车载着她。"于是我便哽住了，站在那里一时不知道该说些什么话，表达怎样的思想感情。

那晚我迟迟没睡，凌晨两点多一个人坐在湖边抽着烟对着鹅唱歌，然后自顾自地说着话，它也很配合我似的，一直叫个不停，像是在跟我说：

“嗯嗯，你继续说。”芙蓉湖边对我来说向来是个意义非凡的地方，我曾在这里遇到Lina，唱《且听风吟》给她听，第一次吻她，牵她的手，这里也是她离开我之后的那段最艰难的日子我经常在半夜游荡的地方。

我时常想，如果不是她，我也许不会拥有现在的这一切，她是我这四年来最爱的人，改变我生活最多的人，却也是我唯一一个不可能去告别的人。我一次次忍住了在毕业前给她打个电话、写一封邮件的冲动，直到最后把她寄给我的明信片小心地放进旅行箱。很多人对我说：“都过去这么久了，还有什么是过不去的呢，你们俩完全可以坐在一起像朋友一样好好谈谈。”但只有我自己明白，我们俩都已改变了太多，我不想把彼此仅存的回忆毁掉。

我深情地对鹅说：“我知道你为啥还不睡，站在这里听我说废话。你一定也爱过黑天鹅对不对？现在她很幸福，你也很幸福，所以你必须Move On（继续前进），懂吗？……啥？你听不懂英语？好吧，这个词组我不知道该怎么用中文表达。”

我似乎是戳到了它的痛处，它非常赞同地点了点脑袋，当我挥手和它告别，表示困得不行要回宿舍睡觉的时候，它竟然屁颠屁颠地跟了过来，好像听上瘾了似的，无论我怎么说“你不用送我了，快回去吧”都没用，吓得我拔腿就跑，生怕它一路跟我到宿舍，为此我还差点摔个狗吃屎，于是，原本挺好的气氛就这样给破坏了。

回到宿舍，我很小心地往门外张望了一下，心想这货都快成精了，看它刚才那个欠抽的矫情样，似乎是真的很伤感的样子。

不过，至少它永远也不用从这里毕业。

3

学院毕业典礼是在一个燥热的下午举行，我睡到中午，从床上爬起来望了望窗外，这大太阳似乎有誓要融化掉一切的决心。

原本我和辅导员商量好要在毕业典礼上唱两首歌，作为大学最后的告别，为此我还很认真地准备了两个月。怎料后来辅导员告诉我说，毕业典礼时间太紧了，恐怕没有时间让我唱歌了，我如果想上的话，可以考虑帮忙伴奏一首《凤凰花开的路口》。

这首歌我记得我在大一的时候弹过，似乎是在厦门大学漳州校区欢送学长学姐回本部时的一个晚会上，当时我也伴奏了这首歌。没想到时隔多年，我又要再次弹起这首歌，而且是在送别自己的舞台上。我心里很不情愿的是，本来我不仅可以自己唱两首歌，还能借机在开唱前煞有介事地说几句话，这下全都泡汤了，不仅话没法说了，歌也不给唱了，还沦落成了个纯伴奏的，而且这首歌的伴奏在网络上到处都是。

我抓着学士服一脸怨气地顶着太阳去了科艺中心，排练完找了个最靠后的位置坐着，然后毕业典礼就在学院领导的讲话中开始了，紧接着就是各种优秀毕业生的颁奖仪式，这个环节素来与我没什么关系。我想起之前学院的所有演讲、口译之类的比赛，我都是以这样的一种姿势坐在最后一排默默地看着，等待中场休息时自己上去唱唱歌，所以当他们在简历上写下一个个比赛获奖情况的时候，我填的却是“校园十佳歌手”。我偶尔也会为这种格格不入感到些许失落，不过好在我也混到毕业了，就像在战场上脚底一滑不小心扑到了敌人的枪口上一般，虽然算不上光荣牺牲，但至少也算个“烈士”，死得其所。

临上场的时候，唱歌的几个同学和我商量了一下，觉得我只伴奏实在是太可怜了，让我可以在开始的时候唱唱主歌，我就像捡了个宝似的欣然接受了。没想到上台之后，曾经有无数舞台经验的我却有些怯场了，在这些四年来低头不见抬头见的同学面前，我生硬地鞠了个躬，然后第一个音就弹错了。之后的整个过程我一直都没有看台下观众的表情，而是自顾自地弹着，一直到最后掌声响起，鞠躬下台，我很难从自己的脸上挤出一点笑容来。

也正是在这时候，我发现自己原来并没有想象中那么洒脱。面对告别这种事情，没有人可以做到毫不在意，无论是告别一个人、一个物品，还是告别一个看不见摸不着的东西。

毕业典礼结束后，我把吉他装好，穿上学士服，然后融入人群中，开始嬉笑怒骂，试图表达一下自己对于毕业的一些情绪。不过很遗憾的是，这样一个燥热的天气将所有用来表达悲伤的体液都转化成了黏湿而腥臭的汗，我没有任何想哭的冲动，连尿意都变得很淡很淡。

随后拍集体毕业照的场面就显得更加不堪了，一群被热蔫了的残兵败将，被串成一溜，拉到了上弦场（厦门大学主体育场），在烈日下等待着被弄到一张彩色纸片里。我和小Y饶有兴致地去和不同的妹子拍合照。我很认真地告诉他，都快毕业了，再不大胆一些，就没有机会了。于是我将不同的妹子一个个搂了过去，摆出各种得意而猥琐的笑容，像极了一只“三月不知肉味”的野狼。后来拍集体照的时候，我环顾了一下身边少得可怜的几个汉子，再看看前面齐刷刷的几排妹子，不禁悲从中来：没想到混了四年，如此多的活色生香，居然一个也没有得到或者曾经得到过，真是可悲；再想到这些妹子早晚全都是别人的，更是难过得捶胸顿足仰天长啸。如果那天有人看到我哭，那么一定是因为这个事。

大家都站队完毕，摆好了造型，露出僵硬的笑容后，趁着摄影师在调焦距的间隙，我眯起眼睛看到远处的太阳已然落山了，我心想这真是一个好隐喻，2009级2013届毕业生到今天终于算是“日落西山”了，最美不过夕阳红。

晚上相约吃散伙饭，我先回去洗了个澡，等我到地方的时候已经没有位置了，只好和别班同学拼了一桌。

不过小Y比我更惨，他晚上要补考双学位的一门课，为了一个早已无关痛痒的证书，连最后一顿大学聚餐也吃不上了，而且饭菜看起来似乎还不错。饿了一天又晒昏头的我顾不得院长唱歌什么的插曲，埋头一阵猛吃，最后吃得差不多了才想起应该到处走走敬敬酒，搞出一点散伙饭的气氛来，要是能流出几滴眼泪就更妙了。

不过很遗憾的是，连干了十几杯，喝得一脸通红，我依然不能在这种喧闹嘈杂的场面中找到什么情绪。我看见自己的初恋女友在那里，便上去和她喝了一杯，并问她能不能和自己拍张照片，她答应了以后，我的手竟然局促得不知该往哪里放好，遂弱弱地问了人家一句“能不能搂着你”，拍完后还做贼心虚似的左右张望，看她男朋友在不在附近。

后来我找了个安静的角落，有些失落地和毕业论文的导师聊天，他非常淡定地在一旁抽着烟，像是早已看惯了这种无谓无聊的躁动，那表情像极了冷眼漠视临死前在锅里玩命蹦跶的活虾一般。

他问我：“毕业后去哪儿？”

“广州。”

“你女朋友呢？”

“就是在广州找的。”

他瞪了我好一会儿才缓缓说道："哪个姑娘这么倒霉看上了你啊！"

于是我便瘫在椅子上释然了，至少这是这一整天下来我听到的最实在的一句话，好过所有"前程似锦""一帆风顺"以及"后会有期"。

4

学校的毕业典礼结束后，我们在宿舍开始整理行李。

这种场面恰如两年前在漳州校区准备搬回本部时的情境，但略有不同的是，当时只是告别一个地方，这次要顺带告别所有和这个地方相关的人和事。学校里开始了末日般的撤离行动，路边摆满了贱卖生活用品的摊位，各种私家车停满了宿舍门口，路上不时有抱着箱子拉着行李的人在走着，还有人后知后觉地穿着学士服拍毕业照。

原本就不怎么整洁的这层楼开始变得脏乱差起来，像是城市角落里的贫民窟一般。我们宿舍内部的情况也不容乐观，原本藏得很好的垃圾被翻出来，醒目地丢在任何你可以看到的地方，一些多年未见甚至素未谋面的小玩意出现在你的脚边时不时绊你一下，耀武扬威一般，再加上宿舍的空调不知何时开始漏水，需要用两个脸盆放在底下筑起一道防洪堤。一切都渐渐变得如此潮湿而滑腻，就像青春期时的被褥。

小胖是我们宿舍最早要走的人，最后一夜，一向很早睡的他迟迟都没有上床。他毕业后要去内蒙古支教一年，所以这次他准备一个人一路北上玩回山东老家，第一站选择的是杭州。他整理完毕上床后，我看了一眼他的书桌，比他没有整理之前还要乱。要去深圳的小C同样第二天走，他的行李更是装了好几箱子。他之前还非常“无耻”地喊了个学妹来宿舍，把各种不要的东西甚至是垃圾当作礼物送给人家，让人不得不感慨，有的人真的是一直到毕业也读不懂妹子的心。

那天晚上我和小Y都失眠了，反而是那两个第二天要走的人睡得跟死猪似的。小Y凌晨五点爬上床去，而我则看着*Friends*努力打消自己的睡意，到七点还去食堂吃了早餐，就是怕自己一睡就睡过了，不能和这两个讨厌却又让人不舍的家伙说再见。

小胖和小C都起床后，我看了看床上的小Y，摇摇头说这家伙估计是起不来了，没想到他“腾”地就坐起来，打着哈欠说“能起来”，莫名让人又好笑又难过。小胖走的时候我们三个在宿舍门口和他拥抱告别，看着他拉着箱子屁颠屁颠地消失在楼道拐角。虽然这家伙四年来没少给我们宿舍添乱，但他终归是个可爱的人，毕竟胖子都有着柔软的肚皮，和一颗柔软的心。

之后送小C的情节就有些喜剧色彩了。我之前和小Y计划了很久，一定要在小C走到园区大门的时候，告诉他一个隐瞒了他两年的秘密，小Y还特意带了个相机，准备录下小C听到后的表情。当我告诉他我曾经在他桌子上和Lina做一些奇怪事情的时候，他的表情果然没有让我和小Y失望，不过当把他送走了以后，小Y却有些失落地告诉我，他等这一天等得太久了，以至于现在这个心愿达成了，反而没觉得很开心，酝酿了这么久的事情一眨眼工夫就没了，像是剥了半天的螃蟹，一口就吃完了一般。

那天晚上，我和小Y两个人坐在宿舍里，组队打了最后一把LOL，一场耗时五十分钟的艰难比赛，我们最后在劣势中奇迹般地翻盘成功，兴奋地从椅子上跳起来。我问小Y，离熄灯还早，要不要再打一把？他摇摇头说还是算了，他不想以失败来结束大学生活，还是带着胜利结束比较吉利。

但熄灯后我还是失眠了，我抽完最后一根烟，跑去其他宿舍借烟，然后独自蹲在走廊看星星。想着自己这四年来所经历的得到的失去的，觉得时间真是快得不可思议，猝不及防给你一记耳光，四年的一场大梦就这么苏醒了，那些故事那些人，都是曾经的自己所不敢想不敢预计的，但到现在，一切都已经成为过眼云烟，变得不再重要了。

5

我和小Y买的都是第二天下午的车票，在送走了无数朋友之后，我们终于也要踏上征程了。

由于是最后离开宿舍的，我们两个务必非常谨慎，毕竟钥匙已经还了，一旦我们把门关上，就不可能再进去了，这感觉像极了科幻电影里看守时光隧道的守护者，颇似如果大门关上了就要再等几个世纪之类的情节。

我们把剩下的东西都重新翻看了一遍，把所有能带走的都尽量塞进行李箱，就连卫生纸、水杯之类的玩意儿也不落下。但诸如热水瓶之类的东西终归还是无法带走，我们只好含泪把一些陪伴了我们四年的东西遗弃在宿舍里，等待被人收走或是扔进垃圾桶。但为了表达我们的感激之情，我和小Y非常矫情地把宿舍里每一样东西都摸了个遍，还煞有介事地各说一句“保重”，然后非常沉重地和它们挥手道别。

当我们俩最后走出宿舍，关上大门的时候，一切往事与回忆也就这样随着“咣当”一声被永远锁在了里面。

随后我们一间一间宿舍地敲门，寻找依然没有离开的“幸存者”，和他们一一拥抱告别。直到这样一个时刻，我才真的觉得眼眶泛红鼻子酸，尤其当我回头看到他们光着膀子抽着烟在走廊上和我们说再见的时候，这样的画面更是让我有些不能自已。

再然后，我和小Y从南门出来，坐上了去火车站的公交车，在车站我和小Y分别，在麦当劳呆呆坐了一个小时，再独自通过验票口走向站台，一切都变得平静而缓慢，我的脑袋里一片空白，像是陷入了创世前的混沌与空虚之中。当列车进站的时候，我听着耳机里的*Desperado*，拖着行李，却无端开始哭得像个傻子一样。我靠着站台的柱子，身边的旅客脚步匆匆，没有一个人看我。

于是在故事的结尾，这只恐龙最终还是得到了救赎，他感觉到了疼痛，也感觉到了前所未有的畅快，他将自己的青春留在了这片他曾经深爱过的热土上，搭上了这班永不回头的列车，驶向一个叫作未知的终点站。

岁月啊，就这样吧，你好，再见。

这个世界不好，我给你另造一个

丘戬_《爱格》签约作者

1

大约在三月的时候，琥珀收到朋友转发的一条消息。

大意是国际刑警破获一起网络黑市案，在南太平洋的一座小岛上抓到了一个名叫艾姆伯的年轻男子。因为艾姆伯平时隐藏很深，所以人们对他的过往知之甚少，于是好事的记者拼命地写一些鸡零狗碎的事情，比如，艾姆伯生得一副亚洲男子常有的面孔；艾姆伯不到三十岁；岛是艾姆伯购买的，他起名为琥珀岛……

丈夫看琥珀正处于走神的状态，凑过来扫了一眼她手机上的内容，说：“你的名字还真是常见。”琥珀从沙发上站起来，走到餐桌前，拿杯子在饮水机前接水，按下取水的按钮，没有水流出来。丈夫见状，急忙一路小跑，换下饮水机上的空桶。琥珀喝完一杯水，才转过头，回答丈夫刚才的话："是啊，爹妈没文化呗，取了这么个名字。"

之后琥珀走进卧室，打了一个盹儿，还捎带做了一个梦。梦里面，一个男生对她说："这个世界不好，我给你另造一个！"

2

十年以前，也就是2006年的春天，起晚了的方悬急匆匆赶到教学楼的阶梯教室。他的法律课老师特别不好相处，最爱干的事就是点名，期末考试还不给划重点。提到这位老师，劫后余生的师兄们都是用一副幸灾乐祸的表情，看着他们那些可怜的小师弟师妹们。所以方悬收敛起所有的懈怠，即使晚上打了一宿的游戏，睡眠不足一小时，还是乖乖赶来上课。

前门是进不去了，方悬悄悄推开阶梯教室的后门，瞅准一个后排的座位，逮个空当就一头钻了进去。正暗自庆幸呢，抬头发现自己走错了教室。想出去，又进来几个学生，把他退路堵死了。

方悬困极了，干脆将错就错，趴在桌子上睡一会儿。睡得迷迷糊糊的时候，听得边上一阵窸窸窣窣的声音，像老鼠在偷吃东西。他强忍着困意，睁开眼，抬起头，看到边上一个蘑菇头的女生正在彩色的纸上涂涂画画，边上还有一堆彩纸，完全不是一时半会儿能停下来的架势。他把头凑过去，轻声地问她："在做啥呢？"

女生头也不抬，压低声音说："签到的两联券。"

"活动的规模大吗？"方悬问。

"在学校的体育馆举办。"

学校的体育馆方悬是知道的，有个1200人的看台，还有一个超大的LED屏幕，专门用来举办大型的活动。"是白天举办还是晚上举办？"他问。

"晚上，七点到九点。"女生说。

方悬索性不睡了，笑嘻嘻地说："我有个更好的点子，要不要试试？"

女生抬起头，看着方悬："我认识你吗？"

"我叫方悬。"方悬小声地介绍自己。

"说说你的好点子。"

"写一个程序，嘉宾签到时，直接输入他对应的序号，就会在LED屏幕的星空图上显示出他对应的星星，星星上放上他的照片，又好玩，嘉宾又有面子！"

“听起来不错，但是……”女生笑了笑，摇摇头，又低下头去，闷头完成自己的工作。

“看我看我看我！”方悬碰碰女生的胳膊，又指了指自己的脸。女生一点也不想搭理他，直到他说，“我能完成这个设想。”

女生这才显得稍微热情一点，她问：“那么你可以帮我吗？”刚说完，没等方悬回答，又说，“说说你的条件吧！”

方悬歪着脑袋想了想：“我想让现场所有的人都知道我的名字。”

“唯一的条件？”

“唯一的条件！”

“合作愉快。”女生从桌下伸出一只手来，方悬轻轻碰了一下，仪式性地握了一下手。

女生继续做她的两联券，方悬觉得很无语：“你不相信我？”

女生笑着摇头，也不知道是信任还是不信任：“你的是方案A，我这里方案B。当然，我希望我的用不上。”

方悬无奈地摇摇头。

“为什么你需要那么多人知道你的名字？”女生问。

“我喜欢上了一个姑娘。”方悬说。

听到他这样说，女生觉得方悬没什么歪念头，于是很认真地介绍自己：“你好，我是琥珀。”

那次晚会很成功，学校领导对签到的创意赞不绝口。方悬很得意，他不过熬夜写了个小程序而已。琥珀说话算话，在晚会举办过程中叮嘱主持人口播了许多“感谢方悬”之类的话，之后两个人成为能出去通宵打游戏的好朋友。

说是打游戏，其实各忙各的事。方悬会选择两个人的VIP小包间，一个沙发，两台电脑，环境还算不错，隔音，也隔烟，通常进来的都是情侣。

琥珀一开始只会扫雷和玩蜘蛛纸牌，后来进阶到玩QQ小游戏，再后来能在大型的网游里横着走，当带头大姐，呼风唤雨。她砍怪砍得累了的时候，会侧过头来看方悬。

她从来没见过像他那样专注的男孩子，微蓝色的光照在他的脸上，最深情的目光落在电脑的屏幕上，有时蹙眉，有时候嘴角有最柔软的笑意。

方悬是学法律的，有少年的烦恼，也有十足的文青气质，带着近乎偏执的认知，他觉得有许多事，是法律也解决不了的，所以他选择逃避，在深夜的时候，来网吧自学编程。

许多年以后，两个人天各一方，琥珀站在喧闹的大街上，头顶是大摆钟，闭上眼睛，过滤掉那些俗世的噪音，钟摆“滴滴答答”的声音仍然清晰可辨。可那样的日子，在她看来，都是时钟无意义的摇摆，唯有和他在一起的那些不眠的夜，才能被叫作时光。

两个人在天光大亮的时候走出网吧，在学校门口的早餐店里各点一份豆浆油条。琥珀喜欢把油条泡进豆浆里，而方悬一口豆浆一口油条。琥珀接受不了方悬的方式，同样，方悬也无法选择琥珀的方式；但这丝毫不影响两个人愉快地交流。

方悬总会问她：“玩得开心吗？”

琥珀点点头。

“许个愿吧。”方悬说。

于是琥珀就乖乖地许愿，还没许完，就听到方悬说：“大声点，让我听见。”

“那还叫许愿吗？那还灵吗？”

方悬不说话，只笑着看琥珀，她就认输了。刚打完游戏，很开心，也带着点小遗憾，于是她说：“呃，我希望能拿到一个道具……”

游戏里土豪太多，而琥珀只是零零星星充了点钱，升级主要靠勤奋。但只要对着方悬许下关于道具的愿望，下一次打开游戏的时候，那道具就会乖乖地出现在她的道具箱里。她兴奋地问方悬：“怎么做到的？”

方悬总会说他不知道，然后悄悄地告诉她：“可能是系统感受到了你的诚意，怕如果不能让你如愿，会失去你这个玩家。”

琥珀当然不信。

时间过得很快，一转眼就要期末考试了。琥珀没日没夜地看书备考，还是摔了个大跟头。“悲哀，要补考了。”

方悬摇头：“不可能。”

“我只写了70分的内容，而且不可能有那么高的正确率的。”琥珀叹气。

“你虽然分数不高，但你这门课是65分。”

“怎么可能！如果是65分的话，你要我做什么我就去做什么！”琥珀特别豪气。

查分那天，琥珀惊呆了，那一门确实65分。她去找方悬，笑着对他说："愿赌服输！"虽然面无怯色，但她心里总在打鼓，很怕他会提什么过分的要求。

方悬说："去给我买瓶苹果味的汽水，然后我告诉你一个好消息。"琥珀立马跑到路边的报刊亭买了瓶汽水，替他打开，递到他手里。他仰起头，一饮而尽，在她耳边神秘地说："我打开了一扇新世界的大门。"

3

从学校毕业后，方悬租了一套小公寓，整天无所事事。如果概括他的大学时光，是经历了一场无疾而终的暗恋，在网吧度过了近两百个不眠的夜。

七月的时候，琥珀找了一份月薪两千的工作，每天都累到没有力气谈恋爱。她何其不幸，没毕业时总在日出时回宿舍，名声被好事的室友歪曲得一塌糊涂，吓跑了好些想追她的男生。有一天她喝了点酒，后知后觉地对方悬说："怎么办，和你混在一起没人敢要我了。"

方悬说："我保你衣食无忧。"

琥珀深吸一口气，仰起头。也许是多喝了一点小酒，连头顶的吊灯都变得模糊起来。但她还不忘表达谢意，说："你真好。"她还说，"别动，让我看看你。"

方悬像画室的人体模特一样，一动也不动，任她看。琥珀眯着眼睛，又瞪大眼睛，然后还把脑袋从餐桌上方凑过来。他的皮肤白得吓人，她说："你呀，太白了，哪天我带你晒晒太阳。"可是，那时的方悬，像苔藓，像蘑菇，最害怕的就是太阳。

方悬上厕所，手机落在桌上，突然屏幕被点亮，是一条短信。琥珀没忍住，偷偷看了一眼，是一个陌生的号码，短信上说："行行好，别搞我啦！给个账号，报个数。"字是繁体的。琥珀搜索了一下那个号码，来自东南亚的某国。方悬从厕所回来，琥珀看着他。每个人都有秘密，她多希望他能与她分享他的秘密。

有一天琥珀打开游戏，却发现自己的账号密码总是不对。游戏陪了她两年的时间，里面的场景曾带她提前走进成年人的世界，比如森林法则，比如弱肉强食。她打电话给方悬，方悬说别怕，我帮你把它找回来。

游戏账号是被盗了，等方悬找回来的时候，已经被转手好几次。其实一般情况下，找回来的几率已经很小了，即使能找回来，里面的道具也被糟蹋一空。然而方悬有方悬的办法，他悬赏二十万，找回了这个不值一万块的账号。这是别人不懂的爱，虽然，这笔钱对他来说只能称为九牛一毛。

那夜方悬躺在阳台的榻榻米上，看空中群星闪烁。凉风袭来，觉得分外疲倦。他发邮件给他的下线，他说他想暂时退出，过一些平常人的日子，意思很明了，要他们自谋出路。可是，在那个小圈子里面，他那艾姆伯的代号算得上声名显赫——出手利落，信用度高，是公认的以技术见长且从不失手的黑客。

收手后，他去了一家外贸公司，做他们的法务专员，每个月四千块。他头疼的是，他早上根本就起不来，做了不到半个月，就被清退了。后来承包了一家快递公司，他又管理不好，虽然还在赢利，但他算了笔账，要两年时间，才能把投资款赚回来。

而之前的他，找一个系统漏洞，卖给微软据说至少能赚三万美金，但在黑市交易，可以卖到十万美金以上的高价。如果能拿到游戏公司内部的用户资料，运气好的话能弄到七位数，当然，这对他来说，轻而易举。对了，他手上还有近十万个信用卡用户的有效信息，他都懒得去交易换成钱。

街上每一个行走的人的口袋，对他来说都像是打开的，他随时可以取。钱对他来说只是数字，没了再挣。鲍鱼与燕窝撑大的胃，几个馒头自然是填不饱的。也就是说，再没有别的工作，能让他觉得有趣又有劲。

4

这世界90%以上的人，只访问了不到5%的网络世界。游离于标准互联网与搜索引擎之外的网络空间，一般人无法访问。但方悬能。

那个世界叫深网，以比特币进行交易。能进入那个世界的，每个人都是隐身人，不会被获知身份，不会被查到IP地址。这里能容得下所有访问者的野心，也是所有访问者的罪恶之城。那一次凌晨两点的时候，方悬把游戏账号和密码发给琥珀，琥珀并没有很高兴，有些孩子气的他对琥珀说："这个世界不好，我给你另造一个！"

他叫自己极客，很多极客都有一个改变世界的梦想。对于新的世界，琥珀也不感兴趣，她是过小日子的人，没什么大心思。

"你只能管我衣食无忧吗？"琥珀问他。

"也能陪你说话谈心。"方悬迟疑了很久，才回复她。

"你来我这里好不好？"

方悬没有回答。

那夜下了一场雪，整个世界白茫茫一片。方悬开了空调还是觉得冷，更没有力气去给她发送一条短信。不一会儿，琥珀又发来一条消息："是不是下了大雪你没来？我去找你。”方悬拒绝了。

那时候，他已经知道有人在检索他的消息。他不知对手是谁，目的为何。

平静了几个月，风声过了。方悬移民的事也办得差不多了，他还在南太平洋买了一个无名小岛。岛的面积不大，条件清苦。岛上建了一排房子，但没有电，像是回到原始社会。一切用度都得在岸边采购，然后用柴油发动的小船运过来。好在那里气候宜人，风光旖旎，温度常年在三十度左右，那里不会有大雪，不会让他觉得冷。他是蘑菇，是苔藓，换了环境，就不用那么害怕了。

他给琥珀介绍了一个男朋友，是个翻译官，长相俊朗。翻译官更新的动态显示他在和琥珀约会，心烦意乱的方悬把手机扔进了大海。

海浪带来贝壳，海水沉了手机。他捡到的牡蛎里，有闪闪发亮的珍珠，三颗。珍珠是牡蛎的心，他把牡蛎的心取出来，忽然觉得自己的心也空了。如果可以，他希望自己能换个方式和她相识，他愿意自己是十八岁时无忧的少年，在阳光下打球，在傍晚时约会，在年长之后成为一名律师或者法官。但此时顿悟已经太迟了，未涉世时交了太多的学费，注定这一生要陷入还贷款的泥淖。

方悬去热带雨林旅行，看那里皮肤黝黑的居民打鼓唱歌跳草裙舞。有心事的人哪，听什么歌都觉得像是在说自己。那些花哨的歌词，他听不太懂，但自己悄悄填了词。

在方悬离开家以后，故乡的海就被填平了。松林被填进大海，一只只小动物被埋进土里，千万年后，不知会不会成为琥珀。

5

“我试过，但是他，真的不适合我。”琥珀在电话里说。

自方悬走后，天空又下了好几场雪。琥珀踩在雪地里，吱吱直响。方悬赤脚站在海滩边，不远处几个年轻的比基尼女郎朝他挥着手。海风习习，味道腥涩。远处传来海浪的声音，怕她听不清，方悬大声地说：“你睡一觉，眼睛一睁，我就到了。”

在学校里，她是睡神，一天二十四个小时，只要肚子吃得消，她就能在床上一直睡。回国的飞机最快也要十三个小时，他希望她还能像在学校时那样，安心地睡到自然醒。

夜班机，打开遮光板，望向窗外。巨大的黑幕遮盖下的世界，就像他穿行的地下世界一样，一眼看不到头。他卡里的数字越来越大，安全感却越来越稀薄。像走钢索的人，内心也害怕，却只能硬着头皮走在钢索上。

2006年，游戏公司的多灾之年。冬天的时候，他用游戏公司后台的漏洞，取了许多琥珀想要的道具。琥珀的愿望不大，那些道具不值什么钱，在别人疯狂的攫取下不会引起丝毫的关注，因为金额小，所以他没担心过。但2007年的春天，他第一次凭借自己的技术攻破学校教务处的后台系统，把琥珀的成绩改成65分时，突然有一种巨大的恐慌感。这世上有很多人做着比他出格太多的事，他们仍然在现实世界中活得很潇洒。他过去的世界极小，只看得到别人的这种侥幸，于是自己亦步亦趋地加入那样的大军之中。

人与人终究是有区别的。至少，方悬还有残存的良知，还会自责。

飞机降落的时候，是早上七点。他叫了车，来到琥珀住的地方。恰逢周六，琥珀还在家里。方悬提了豆浆油条，站在她门口，按响她的门铃。

琥珀穿着睡衣给他开门。惺忪的眼，微露的肩，看得方悬心跳加快。不渴，但进门的第一件事就是找水喝。他不是登徒子，也并非未经世事，但有时候，就是这么不争气，缺乏控制力。觉得人生如牢笼的时候，他在南太平洋有过一夜情缘，是个跳草裙舞的少女。半夜的时候，他趴在她肩头，脑子里都是琥珀的名字。度过了最漫长的那一夜，天光大亮，少女睁开眼睛，他看见褐色的眼球，像一枚久经打磨的琥珀。全都是琥珀，也只能放在心上。只怪自己，当初选了一条不见天日的路。

在房间里，方悬接到翻译官的电话，翻译官一直在埋怨，说方悬给他介绍了一块木头，连牵手都被看成越界，真不知世上怎么会有这样的女生。琥珀走到阳台边，抽了一根翻译官没有带走的烟。

翻译官只来过一次，那一天，琥珀包得像个粽子。翻译官从后面抱住她，把脸往她脖子里埋，不料她迸发了极大的力量，挣脱，转身，然后一巴掌甩在他脸上。翻译官无处发泄，把烟狠狠地摔在地上。

烟盒里一共九根烟，八根陪她度过了一整个晚上，最后一根，陪她烧掉方悬接电话时的尴尬时光。翻译官的声音那么大，从听筒里传了出来，她听得一清二楚，但她又能说什么？说她心里住了一个人，那个人把她推向了别人？方悬给她裹了一条毯子，把她的烟掐灭，给她冲了一杯温热的果珍。琥珀就在那里看着，她是如此渴望，家里能多一个他。

记得上学的时候，走出网吧，她胡乱蹭蹭自己的脸，油油的，她觉得一定不好看。她对方悬说："也许，这世上只有你和我未来的丈夫，能看到我这么多回的素颜。"那天日光正好，恰有一缕穿过树梢照在方悬的头上，她突然想，如果他成为她的丈夫呢？她一定不会用力拒绝的。

方悬盘腿坐在琥珀面前，跟她讲他的草裙舞姑娘。从相识、相处，到分别，讲了许多细节。不知道为什么，他就是想讲给她听。有些秘密只愿意讲给她听，还有一些秘密，只能留给自己咀嚼，然后吞咽进肚子里。他跳过了所有关于琥珀的情节，一开始没多想，后来总觉得自己太残忍。琥珀像是着了魔，他越坦诚，她越觉得他可爱，可以相爱，值得相爱。她主动拖他的手，把脸贴在他胸前，她说她不介意。

6

这一个星期里，两个人吃了一顿火锅，坐了一次摩天轮，去自然博物馆看了纪录片。他在她家里住了七天，这七天，他始终睡在沙发上。如果还有一些事情是重要的，那就是方悬露了他的厨艺。实在吃不下的时候，她仰头看着他："怎么办？以后啊，吃什么都不美味了。"

方悬说："不怕，我把菜谱写下来。"他一边说，一边继续拾掇他的葱油小土豆。土豆圆圆的，小小的，在小碟子里滚来滚去，像极了她不那么安分的心。在方悬下楼的时候，她把他写的菜谱丢进燃气灶的火里。她哪是要什么菜谱啊：他在的时候，煮一碗清粥都溢着香；他若是不在，满汉全席又如何。

方悬又如何不懂，但他不能懂。离开的那一天，方悬说："我要走了。"

"我会去看你的。"琥珀认真地说。她薪水虽不多，但存了很久的钱，如果赶上机票打折，应该可以勉强去一次。

外面在下雨，琥珀把家里唯一的一把伞拿给他。"我就不去送你啦！"

琥珀说，“你知道，这几天净陪你，落下一堆的事。”她扯了扯衣角，又说，“我也好忙的。”

方悬想上去抱一抱她，想想，又忍住了。他走出房门，坐电梯到一楼，把雨伞夹在腋下，一头扎进灰蒙蒙的天里。路上耽误了点时间，也不知道雨伞能不能过安检，就给它配了个夸张的大箱子选择托运。飞机抵达之后，很不凑巧地丢失了行李，怎么查询也查询不到。航空公司反复道歉，并主动赔偿十倍的金额，把他弄得哭笑不得。不记得那把伞是什么牌子，也不知道在哪里还能再买到同样的一把，悲观的时候，他觉得这仿佛就是命运的暗示，所有关于琥珀的念想，终究都是会丢失的。

似乎他所有的天赋都在电脑上面，像一个天才，很快精通了各项技能并熟练运用。那些复杂的公式他记得，偏偏忘了雨伞的样子，他只记得伞是橙色的，上面有一些波点，其他都没太多的印象。也许是没想过它会丢，所以忽略了。他的搜索技能在那一刻毫无用处。

他回到岛上的夜里，刮了一场台风。即使没有那场台风，他也是整夜睡不着的。闲暇的时候，他拍了一些照片发给琥珀，琥珀不开心地问：“怎么里面没有你？”原来他一直在骗她，其实他过得不好，一直离群索居，连给他拍照的人都没有，那草裙舞姑娘也是虚构的……

琥珀真想立刻飞到他那里，可签证需要时间，她也没有那么多钱交押金。从来都不想求人，但那一刻，她顾不了那么多了。七拼八凑，终于在签证下来以后，卡里有一笔支撑她去方悬那里的资金。

十分不凑巧的是，那一次，方悬外出办事。

她靠着识图软件辨别地点，然后在地图上搜索位置，加上之前的一些聊天记录，她竟然真的找到了那里。一艘船把她载到岛上，她在那儿吃了三天的橄榄油小土豆。做菜哪有那么难，用心就能成。三天，居然一点也不腻，只是坐在门口等方悬的时候，会觉得孤独。

7

三天以后，方悬回来了。

和他一同回来的，是一个姑娘，棕发，杏色的眼睛，皮肤是健康的小麦色，笑起来有两个小酒窝，琥珀自叹不如。就那么一瞬间，琥珀想逃。可见一面多不容易，浪费了多可惜。她笑着跟他打招呼，告诉他其实她一点也没有想他，只是听说这里有人可以做东，就来蹭吃蹭喝。

方悬捡了树枝，在门前烤鱼。肥美的马哈鱼，烤一小会儿空气中就弥漫着它的香气。棕发姑娘偷偷地撕下一块尝了尝，一脸满足的表情。那样的俏皮，琥珀是学不来的。这些年她心情沉重，连眉眼里都郁积着几分阴郁之气。

吃完了烤鱼，聊了一会儿天，琥珀回到自己住的屋子里，好像方悬和棕发姑娘去了隔壁。那个夜里，星星都躲起来了，外面一点也不安静，有海水轻拍岛屿，在那些响声之中，依稀能听到棕发姑娘的声音。

第二天，琥珀就走了。临走前，她拍了拍方悬的肩膀："有空就回去吧！烤鱼终究是不饱肚子的。"她忧心忡忡地说，"你怎么混得连口锅都没有？早荒废了蛋黄南瓜、素烧四样、金丝肉圆以及煮干丝的手艺了吧……"

方悬只会踢地上的小石子，连汉语都荒废了，变得真木讷啊。琥珀见他不说话，觉得十分无趣，转身正要走，方悬却追了上来。"志愿者不好做吧？"他问。

琥珀惊讶地看着他，她想了半天，也记不起来自己什么时候和他讲过自己在做志愿者的事。她尽自己的微薄之力，去街上募款，支持山区的残疾儿童的康复，奈何力量有限，进展缓慢。尽管如此，她从来没有和方悬说过这些。

以方悬的能力，他想知道的，他都会知道。比如，上周六，如果问琥珀这一天她做了什么，她会说她基本什么都没干，净宅在家里了。但是方悬知道，她叫了两次外卖，消费了49元；发了807条消息，有319条在和别人斗表情；接了四个电话，有两个是快递公司的；往家里打了一个电话，通话时间是14分39秒……

送走了琥珀，也送走了萍水相逢的棕发姑娘。

棕发姑娘倒是挺中意方悬，只是方悬对她无感觉。虽然语言不通，不知道方悬与琥珀在聊什么，但是她也感觉得出来，方悬看琥珀的眼神，她是无法享有的。

琥珀回去以后，陆续收到几笔钱，查询了一下，汇款方来自国外。她知道，是方悬打过来的，帮她做一些募捐。之后琥珀在距离面前认输，和方悬的联系日渐稀少。她鼓足了勇气恋爱，所幸遇到一个对她还不错的人。她约会，和他牵手，不抗拒他吻她。后来他成为她的丈夫。对了，她的丈夫和方悬一点也不像。

她好像完全忘记方悬了，她也应该忘记他。

在地球的那一边，警方六年的侦查终于有了新的线索。犯罪分子非常狡猾，针对的是银行沉睡账户的漏洞，金额达到千万美金。对于具体的细节，警方发言人未能透露更多，只是表达了遗憾，毕竟以这样的技术实力，在硅谷也能有一席之地，达到这种级别的收入，也不是不可能。

警方的突破口是三笔资金的流向，这引起了他们的注意，它们汇向同一个账户，户主叫琥珀。通过梳理琥珀的交际圈，他们锁定了一个叫方悬的年轻男子，在大费周章的调查之后，仿佛方悬与他们一直追查的艾姆伯是同一人。警察冲到岛上，逮捕了无路可退的方悬。

那是2016年，春节刚刚过去，江南已有春意了。方悬跟随警察离开小岛，望着海那边即将落下的太阳，他想起了十年以前的短发姑娘，像老鼠一样，发出沙沙的声响；想起九年以前，盗取第一批网络账号时，仿佛就看到了自己的后半生，那年他告别了暗无天日的单恋，心想以后只要自己逍遥快活就好，永不会再爱上另一个女生；想起七年以前，琥珀一动不动地看着他，他的后半生，就这样掉到了她温柔如水的眼睛里。

是谁说过，地下深网的世界，每个人都是潜行者，不会被追查到IP，所犯的罪孽很难记录在案。但做过的事，犯过的错，都会印进过往的生命里，终有一天，会被带到日光之下。

学过法律的方悬自然明白。于是他能给予琥珀的最好的爱，就是远离她，无论自己有多孤独，无论自己有多想她。

我在拉萨的日光里，等你

陈若鱼_杂志期刊作者

1

孟昭昭从超市出来，推了满满一车的旅行用品，暮春的晚风吹动他的额发，他的眼里有晶莹的光亮。

他把东西都装进后备厢，然后坐到驾驶位上。坐在副驾驶的江云喜咧嘴露出一个俏皮的笑，抱着他的胳膊嗲声嗲气地说："你看咱们这样，像不像去私奔，或者像是要同居？"

"二十六岁的人了，还口无遮拦。"孟昭昭说完启动汽车。

江云喜愣了一下，偷偷看了一眼孟昭昭，傻笑两声结束这个话题。两人再也没有说话，车内安静得只听见发动机的声音。她觉得困乏便睡了，睡着之前望一眼车窗外，已经驶出了上海市区，马路两旁是盛开的粉色夹竹桃，她使劲嗅了嗅，仿佛能闻见花香。

孟昭昭怕惊醒她，开车的速度慢下来，他看了一眼睡着的姑娘，她的眉弯弯的，很淡，细长的单眼皮，左眼角的位置有一粒红褐色的痣，他不禁红了眼眶。

他们这一趟漫长的旅程，是要从上海自驾到拉萨，全程4220公里，只为了帮她完成一个心愿。

江云喜醒来的时候，身上盖着孟昭昭的针织线衫，有淡淡消毒水的味道，而他们已经抵达苏州地段。江云喜睡眼惺忪地看着孟昭昭的侧脸，恍惚间以为回到了少年时代。

那个时候，他们曾恋爱过一段时间，当然是她死缠烂打才逼着男神孟昭昭同意的，但不到一年的时间就因为她的离校而分手。

江云喜想到这里，不禁觉得有些好笑。认识孟昭昭十年，他们之间的身份好像一直在变化，从同学到恋人，再变成毫无联系的陌生人，现在却成了护士和病患。

自从十年前分手以后，她曾无数次幻想过孟昭昭未来的职业，但绝对没想过他竟然做了一个男护士，而且打针的技术还很好，一点都不痛。

“你笑什么？”孟昭昭好奇地问道。

江云喜乌黑的眼珠一转，故作严肃地说道：“笑你做护士这么久，究竟看过多少人的屁股。”

孟昭昭一脸黑线，江云喜肆无忌惮地哈哈大笑起来。

2

车行驶到南京地段的时候，已经临近傍晚。

孟昭昭搀扶江云喜下车，一起在路边小店吃晚饭，点菜的时候，她听见他小声对老板说：“不要放辣椒，要尽量清淡，对了，她不爱吃醋。”

老板点头的同时还朝她望了一眼，她露出一个灿烂的笑。

在等待上菜的时间里，江云喜突然问道：“你还记得当年我写给你的情诗吗？”

“不记得了。”孟昭昭说。

“哦……”江云喜眼里有一丝失落，但很快又撇嘴说道，“你怎么这样，我都记得你最喜欢吃蟹黄包。”

孟昭昭看了她一眼，不说话，气氛也随之沉默下来。大概，他们都想起了初次相见的情形——在学校外的小餐馆，孟昭昭点了两笼蟹黄包，江云喜就坐在他对面，看着他一个人吃完。

后来，每周五她都会在这里遇见孟昭昭，那时她已经知道他是隔壁班的男神了。她觍着脸跟他挤同一张桌子，然后故意装作没带钱，逼着他帮忙付钱，随后又打着还钱的幌子，在一众追求者里，成为最拔尖的那一个。后来分文理班的时候，他们分在了同一班，江云喜以一首情诗表白成功。没想到，那首情诗他已经忘记了。

江云喜回过神来的时候，孟昭昭正在帮她挑出菜里的姜丝，那认真的模样真是可爱到让人想哭。

“吃饭吧。晚上我们要赶去南京市区过夜。”孟昭昭把挑好的菜给她。

江云喜破天荒地一口气吃光，然后再次上路。

大概是因为下午睡过一觉，江云喜显得特别精神。天已经黑了，她还不停地跟他说话，说起当年他们的第一次约会。

那是他们恋爱一周后，孟昭昭主动约的江云喜，当她跟他一起站在山脚下，才知道约会的内容竟然是爬山。爬到一半的时候，他主动牵了她的手，两人的手心都被汗水浸湿，但却没分开。他们坐在山顶的凉亭里，看天边成片的晚霞，映照着秋林山的枫叶，一切都美好极了。

“其实，我一直不知道你为什么会喜欢我。”孟昭昭说。

“我也不知道，大概是因为你吃蟹黄包的样子很迷人吧。”江云喜答道。

“那万一有一天我不吃蟹黄包了呢？”

“还是喜欢啊，因为我已经掉进你的坑里了。”

江云喜说完悄悄看了一眼孟昭昭，他的脸上一片绯红。这次以后，别的情侣约会都是看电影、吃饭，他们每次都来爬秋林山。

江云喜不停地说起当年的事，孟昭昭一直沉默不语。当行驶进南京市区，看见人潮灯海时，他才说了一句：“云喜，南京到了。”

3

孟昭昭只订了一间房，江云喜兴奋地打开房间所有的灯，盯着那一张双人床笑得很“猥琐”。

“哈哈，露出本性了吧？不过，人家还没有准备好哟。”

孟昭昭正在放置行李，听见江云喜的话，险些吐血，他去跟服务员要了一套被褥，在她床边打了个地铺。

江云喜的表情立刻就蔫了，但心里却是一片温暖。

洗漱完毕后，气氛变得有些压抑，谁也没有伸手关灯，房间内安静得只能听见两人的呼吸。江云喜深深地吸了口气后，往孟昭昭那里爬过去，然后扑通落进他的怀里，吓了他一跳。

“江云喜！你……”

“我只是，想要离你近一些……”

江云喜难得没有开玩笑的口吻，但孟昭昭还是把她抱起来放回床上，关了灯说了晚安。房间里顿时一片漆黑，江云喜的眼泪落得悄无声息。

“对不起，是我太贪心，从十年前离开你，我就应该明白，这辈子我跟你再也没有一丝可能了。”

“云喜，你还是个病人。”

“就算我没有生病，难道我们就有可能了吗？”

这一次，孟昭昭没有再说话，房间再次陷入死一般的沉寂。

江云喜想起一个月前，她因病重从北京的医院转来上海的医院，做完手术睁开眼看见的第一个人就是孟昭昭。十年未见，她仍然一眼认出他，而他却拿着她的病历，一脸不敢相信的表情。她也没想过会以这种方式重逢，俗到像烂大街的肥皂剧情节，可他们就是这样重逢了。孟昭昭也是这时才知道，当年她为何不告而别。

他做护士四年以来，见过无数不治而亡的病例，但他怎么也没想到，江云喜再次出现在他面前时，会是以癌症晚期患者的身份。江云喜倒没有一丝生疏，上来就冲他笑，说了一句好久不见。但孟昭昭却怎么也笑不出来。一个月来，他每天最早来她的病房，下班前也总是看看她才回去，江云喜每次看到他都龇牙咧嘴地笑。

她越是笑，他越是难过。他私底下无数次找过她的主治医师，甚至联系过在国外的朋友，但所有人都告诉他，她没救了，能活到现在已经是奇迹。

那天，江云喜给孟昭昭讲笑话，一向温和的他实在忍不住吼道："医生都说你活不过今年夏天了，你到底还在开心什么！"

江云喜从未见过他发飙，愣了一下，又露出天真的笑脸说："因为重新遇见你啊！我以为……我以为这辈子都不会再遇见你的。"

二十六岁的孟昭昭，听完她的话，眼泪扑簌簌地落下来，连他自己都没有发现，他杵在床边像一尊石像，难过到要窒息。

"昭昭，你不要难过，医生都说我活到现在是奇迹，那我真的赚到了。”江云喜没说出口的是，“如果我早知道能活到现在，我一定不那么早离开你；如果我早知道我会生病，我一定不去招惹你；如果我早知道会再遇见你，我一定乖乖做手术。可现在一切都来不及了。”

孟昭昭低头不说话，眼眸里有晶莹的泪光，良久他才问她，还有没有特别想去的地方，他带她去。

江云喜说她想去一趟拉萨，去见那个在她十岁时选择皈依佛门的爸爸，她想在生命完结以前，最后见他一次。

“但是，医生现在不让我出院。”江云喜一脸失落。

孟昭昭当时没说什么，但第二天却冒着被开除的危险，收拾好所有的行装和急救药品，偷偷带她出院了。

4

江云喜醒来的时候，天还没大亮。

窗帘缝隙里有细微的晨光，她借着那丝光去看还睡着的孟昭昭，他依旧眉目清晰，有少年的气质，但脸上似有疲惫，眉头微皱。江云喜拿出手机悄悄拍了一张照片，这就是此生他们唯一的合影了。

天亮后他们再次出发。江云喜不再像前一天那样絮叨，只是看着车窗外发呆，安静得仿佛不存在。孟昭昭大约是因为昨晚的事觉得有些愧疚，倒是主动说话了。

“我们大约还要两天才能到拉萨。”

“嗯……”

“其实当年你离开以后，我找了你好久。”孟昭昭突然说，“高考我发挥失常，因为舅舅在医院，所以让我念卫校，说现在男护士很吃香。我那时只顾着四处找你，心不在焉也就答应了。后来，我经常跟在复旦大学念书的同学打听你的下落。”

江云喜想起她没走之前，他们曾约定要一起考上海复旦，就算考不上也要留在上海，这样才能时常见面。可是当时她病得突然，她也不知道怎么告诉他，她决定像小说里那样不告而别，于是退学去了北京治疗。

“医生说是癌症，我当时吓得不轻，以为自己会立刻死掉，所以我没告诉任何人……”江云喜说。

“可是我是你男朋友！”孟昭昭突然打断她，“就算那时我还年少，就算我也无能为力，但你至少应该告诉我。自从得知你生病之后，我愧疚得要死，在你最难过的时候，我竟然没有陪在你身边……”孟昭昭说到最后声音都沙哑了，江云喜望着车窗外眼泪滚滚而落。

接下来一整天，江云喜都没有再开口说话。在小镇上吃过晚饭，他们要赶去洛阳住宿。在他们即将进入伊川县的时候，江云喜突然大叫一声“停车”，孟昭昭赶紧踩了刹车，可还是撞到了过马路的猫。

江云喜下车抱起猫，检查了一遍，发现它只是前脚受了一点伤。

“这里前不着村，后不着店，我们带上它吧。”

孟昭昭点了点头：“不过只能放后排，流浪猫很脏，你不要靠近它。”

猫是一只花斑猫，虽然是流浪猫，却很肥。孟昭昭拿出医疗箱，简单帮它包扎了一下脚上的伤口，就带它上路了。

“我们给它取个名字吧，叫罐头怎么样？”江云喜显得有些雀跃。

“挺好。”

抵达洛阳的时候已是深夜，江云喜嚷嚷要吃夜宵，可是羊肉汤、羊肉串、锅贴这些洛阳特色小吃她都不能吃，只能喝一碗清淡的不翻汤。吃完夜宵，孟昭昭去订酒店，但酒店不允许带猫。

江云喜看看天色，说道：“再过两三个小时天就亮了，不如我们就在车里看日出吧。”

三月的夜晚还有些凉，孟昭昭拿出毯子披在她身上，然后把车开到郊区，罐头窝在车里呼呼大睡。

江云喜许久没说话，孟昭昭以为她睡着了，可不一会儿却听见她说话了。

“其实，你还记着那首诗吧？”江云喜说，“你都记得我不吃醋和姜，怎么会忘了我表白的那首诗呢。你还是像从前一样不会说谎啊！‘我爱你，像乌云爱暴雨，爱到淋湿整个世界，也在所不惜。’”

十六岁的江云喜满嘴都是爱，现在读来不免浮夸，可那首诗在少年的孟昭昭心里，比《大话西游》中孙悟空对紫霞仙子说的那句经典对白还要动人。所以，他怎么会忘记呢，他只是不敢承认，在过去十年里他仍对她念念不忘。

江云喜突然说道：“其实，你现在还和以前一样，很受女孩子喜欢吧。喏，那个短发的护士，笑起来有两粒酒窝，她总爱跟着你。可能不久后你们会订婚吧，然后很快就会结婚，生孩子……”

“云喜，你别说了……”孟昭昭死死攥着手心，忍着眼泪。

洛阳的夜灯透过玻璃照在江云喜脸上，她望着窗外渐渐清晰的远山，眼神空空的。孟昭昭一直看着她，连眼睛都不想眨，这一世能多看她一眼就多看一眼吧，下辈子，谁知道还会不会遇到。

天亮的时候，江云喜突然开口："昭昭，等到了拉萨以后，你答应我一件事吧，算是我最后一个请求。"

"不管什么事我都答应你。"

5

天亮以后，他们从洛阳开往西安，然后再从兰州到西宁，最终在两天后抵达拉萨。途中，除了罐头偶尔叫两声，他们很少说话。

三月的拉萨还很冷，江云喜裹着孟昭昭的防寒服，看着车窗外远处的山峦落了皑皑白雪，但依旧烈日昭昭。风从窗户缝隙钻进来，冷得她直打哆嗦。好像进入藏区以来，江云喜的精神就不太好了，也许因为太冷，也许是高原反应，她在车里总是昏睡，有时候孟昭昭叫她都叫不醒。每次他都吓得急刹车，可是每次她又悠悠转醒。

"我没关系，你可要注意安全，以后还要当帅帅的新郎官呢。"

见她还有精神开玩笑，孟昭昭又放下心来，继续上路。江云喜说，她听妈妈说过，她爸爸是在一座叫扎西曲林的小寺，在很偏僻的山顶上，平日里游人甚少。在她还没出生的时候，他们一同来了这座寺庙，举着高高的香火，和许多人一样参拜佛陀，爸爸从此沉迷于那五彩经幡。后来，江云喜出生，当她十岁时，他毅然决然地告别，回到拉萨的庙宇，成为佛陀座下的弟子，唱诵普度人间的梵音。

“昭昭，你说他会不会见我？”江云喜看着途经的庙宇，突然问道。

“我不知道。”

“我已经来了，其实他见或不见都无所谓，因为十六年前我们就已经告别了。”江云喜说完，闭上眼，耳边仿佛能听见有人在唱诵经文，她不知不觉又想起许多年少的往事来。

他们在黄昏的时候抵达海拔四千多米的扎西曲林寺，在附近一间旅馆住下。刚走进旅馆的院子，江云喜就晕倒了，孟昭昭赶紧找出事先准备好的氧气罐，又给她注射了药物，一直到夜里九点多她才醒来。

“云喜，你身体太弱，高原反应又太严重，明天一早你必须得下山去。”孟昭昭说。

江云喜神智慢慢清醒，她听见从寺庙里传出的《大悲咒》，一遍一遍在她脑海里回荡，她说她要去寺庙里看看。

孟昭昭拦不住，只好陪她去。寺里已经没有游人，僧众们围坐在殿内唱诵经文，江云喜隔着厅堂一眼就看见了她的爸爸，红褐色的袈裟裹身。她跪在蒲团上，对着他磕了三个头，他才看见她。唱诵结束后，僧人散去，他才走到她身边。

父女二人对坐许久，却一句话也没说。江云喜在签筒里抽了一支签递给他。

“师父，我这支可是上上签？”

师父接下签，放进签筒，答非所问：“我会日夜唱诵保佑你们平安无事。”

“那你看我能活到多少岁？”

“生死自有定数，我也无从知晓。”

“你走之后，妈妈带我去算命，算命先生说，我这辈子注定一无所有。”

“没有人会一无所有，如果你愿意，满天繁星可以是你的，江河湖海可以是你的，世间所有的东西，在某种意义上都属于你。”

“那你呢？”

对方不再说话。江云喜缓缓站起身，沉默良久之后说了一句：“爸，再见。”然后就快步出了寺院，孟昭昭跟在身后，出去时江云喜已经泣不成声。

“我原本是打算找他理论的，骂他不负责任的，可是当我看见他身披袈裟一脸虔诚的时候，这么多年对他的恨，突然间就消失了。可我还是好难过，我也不忍心告诉他，我就快要死了。

“我以为这么多年，我可以平静面对死亡的，可是我没想到我还会遇见你。孟昭昭，我不想死，我一点也不想死了，怎么办？”江云喜泪雨滂沱。这么多天来，江云喜终于忍不住了，自从遇见孟昭昭，她就不想死了。

孟昭昭小心翼翼地把她揽进怀里，强忍住眼泪。

“云喜，我们回上海继续治疗吧，也许还有机会呢，实在不行我们还可以去国外。”

“好。”江云喜不断点头。

孟昭昭带着江云喜连夜离开扎西曲林寺，罐头还毫不知情地睡着。

6

他们开进拉萨城的时候，迎来清晨的第一缕曙光。

江云喜眯着眼睛看着太阳破云而出，似乎一瞬间就日光倾城，这是她见过最美的日出。

“对了，云喜，你说让我答应你的事是什么？”孟昭昭突然问道。

“过一段时间再告诉你吧。”江云喜仍然看着远处的雪山。

良久，她突然问道：“昭昭，你还爱我吗？”

孟昭昭犹豫了片刻，才说道：“爱。”

“这就够了……”

江云喜嘴角扬起一丝笑意，她多想说一句，“可是我就要死了呀”，可最终她还是没能说出口。自从进入拉萨以来，她觉得自己总是很累，现在连开玩笑的力气都没有了。

孟昭昭说拉萨的高原反应会让江云喜更加难受，所以必须得尽快离开，回头看江云喜又睡着了，而罐头倒是清醒过来，一直喵喵地叫个不停。

他们按照原路返回，在经过伊川县的时候，发现许多电线杆上都贴着寻猫启事，孟昭昭停车看了启事才知道，寻的正是罐头，原来它并不是流浪猫。

“怎么办？”孟昭昭问江云喜。

江云喜回头看了一眼罐头，它像是知道回到了家乡似的，一直趴在车窗上叫得厉害。

良久，江云喜说：“给它主人打电话吧。”

电话打通以后，很快就有人赶来了，是一个年纪很大的老头，一头白发，神情疲惫，他看到罐头后，差点老泪纵横。他说，罐头是他老伴养的猫，前些天他来县城赶集，不小心就把它弄丢了。老头还说，老伴几年前去世了，就剩下他跟这只猫一起生活，自从猫丢了以后他每天晚上都睡不着，没想到还能找回来。

孟昭昭跟老头说，罐头跟他们去了一趟拉萨呢。

老头笑笑说：“那它这辈子也值啦，能遇上你们，算得上一只幸运的猫。”

老头跟他们说了好多声谢谢，罐头也像有灵性似的冲他们叫了好几声，才跟主人一起离开了。江云喜站在路边，一直目送老人消失在转角，随后一双温柔有力的胳臂把她揽进怀里。

“别难过了，我们走吧。”

“我才没难过，只是不该是我的，不管绕多少圈都不会属于我。”

孟昭昭听得出江云喜话里有话，但也不知怎么安慰她。江云喜上车前，从电线杆上撕下一张寻猫启事，叠整齐后放在包里，权当对罐头的怀念了。罐头离开以后，车里变得更加安静，江云喜掏出小本子，开始写她生命倒计时的日记。

回到上海以后，江云喜跟孟昭昭一同回了医院，她趁他去办公室的时候，还偷偷去找了那位短发的小护士。

小护士和孟昭昭平时关系也不错，见过江云喜几次，也知道她身患癌症的事，她看江云喜的眼神满满都是同情，江云喜看她则是满满的羡慕。她们在茶水间的窗户边聊天。小护士才从卫校毕业，眼眸里还有不谙世事的天真，但江云喜看得出她是很喜欢孟昭昭的。

一提起他的名字，小护士就红了脸，眼眸里有她当年的深情。唉，若是有这样的姑娘陪在他身边一辈子，她也是能够放心的了。她真羡慕她的一辈子可以那么长啊。

回到上海的一个星期，孟昭昭每天除了在病房陪江云喜，就是在各大医院跑，他想找到一个针对性的医院，或者托关系能到国外治疗也好。江云喜看着孟昭昭每天筋疲力尽，她还没想到笑话逗他，他就趴在她床边睡着了。

那天很晚了，孟昭昭从外面回到病房，才发现江云喜已经人去床空。他找遍了整个医院也没找到，她的手机关机了，所有通讯方式都无回复。

孟昭昭找来值班的护士，可是护士也说不知道江云喜什么时候离开的，但是她说江云喜中午有给她一张字条，说等他回来的时候给他。

孟昭昭赶紧接下护士的字条。

“昭昭，对不起。我又食言了，虽然我真的不想死，但是我也不能太自私。其实，你知道我已经没有治疗的必要了，我们都不要再自欺欺人。对了，你一定要继续做护士呀，我在办公室的优秀护士栏上看见你的照片了呢。还记得你说过要答应我一件事吗？那就是忘记我，不要找我，再幸幸福福地结婚，生个可爱的宝宝吧……我瞅着那可爱的小护士就不错，不要因为我的出现就辜负了她的心意。这辈子，我们应该也没有其他机会再相见了吧。”

孟昭昭反反复复地看这些字，再也忍不住哭出声来。

他发了疯一般满世界找她，整个上海，无论是网络上还是现实里，都知道了他在找一个姑娘。但是找了好久，江云喜依然杳无音讯。

7

孟昭昭也想像江云喜希望的那样，忘掉她，也不要找她，可是他怎么做得到呢？如果没有这场久别重逢，她可能只是他生命里不告而别的初恋，可老天偏偏开了这样一个玩笑，让他们再次相遇，还是以这种生离死别的悲壮形式。他辞掉工作，决定再去一趟拉萨。就算不能再见她一次，好歹让他再感受一遍上次的旅程，假装她还在身边也好。

他还是按照上次的路线从上海出发，一路上甚至连吃的饭、住的酒店都和上次一样，只是再没有人问他是不是要去私奔。早知道会这样，他那个时候就应该带她远走高飞，就算一定要死，那也是死在他怀里。

此刻拉萨正是黄昏，满天绯色的晚霞，江云喜坐在客栈的秋千上，嘴角有浅浅的笑意。自从从上海跑到拉萨以后，她每天都把她跟孟昭昭从相识到分离的过程全部回忆一遍。近日，她的状态越来越差，大部分的时间都在昏睡，但每到黄昏她就会醒来。

孟昭昭抵达拉萨的时候也正是黄昏，他突然接到一个电话，是从客栈里打来的。

“昭昭……”

是江云喜的声音，孟昭昭的眼泪一下子就掉下来，他慌张地问：“云喜，你在哪里？你在哪里？”

江云喜像是用尽全身的力气在说：“昭昭，我以为我可以足够洒脱，可是我忍到现在还是忍不住想要跟你告个别。昭昭……我真的好想你，昭昭……再见……”

孟昭昭还来不及说话，电话那头已经被挂断，拨过去再也没有人接听了。

孟昭昭的车刚刚走上去往扎西曲林寺的高速，他极力想忍住，可眼泪还是涌出了眼眶，他索性像个孩子一样不管不顾地放声痛哭起来。他知道，江云喜一定是去找她爸爸了，他为什么就没有早点想到呢。

他的车开始加速，心里有一种隐隐的不祥的预感。

半个小时后，他远远就看见山腰上的扎西曲林寺，白色的庙宇在一片灰黄色的山间，仿佛散发着神圣的光芒。

在他快抵达山脚下时，一辆救护车从他前面急速驶过，向相反的方向开去，他来不及多看一眼救护车，飞快地往扎西曲林寺赶去。而那辆救护车里，医生正在给江云喜做心肺复苏——一个小时之前他们接到电话，说有个癌症患者病发，他们匆匆赶来，可是她已经陷入昏迷，生命体征已经弱到感受不到了。

孟昭昭赶去寺庙，只见到了江云喜的爸爸，独自坐在佛像前诵经，每一声唱诵都像一声告别，在殿内萦绕。他像是听懂了那些告别，也懂了江云喜电话里说的再见，不由自主地晃了晃身体，然后扑通一声跌跪在地上。

他也不知道跪了多久，仿佛有一个世纪那么长。

江云喜的爸爸搀他起来，递给他一张照片，是江云喜和他在南京住的那一晚，她偷偷拍下的合影，她眉开眼笑，他还沉睡着，脸上有窗外照进来的一缕晨光。

孟昭昭在昏黄的油灯下反反复复地看着照片，一直看到眼睛发酸，可没有眼泪落下来。江云喜的父亲见状摇了摇头，好似在感叹人间的爱恨情仇，他推开窗户，拉萨的太阳刚刚升起，照得拉萨城光芒万丈。

孟昭昭想，江云喜一定还在世界上的某个地方，等他。

郁 金 香 别 恋

山亭夜宴_人气作家

深夜未眠

孙菲然近来总是三更半夜偷偷摸摸上网。林嘉闻偶尔半夜起床去卫生间，会看见菲然房间里闪着微弱的光，屏幕的光投射在菲然的脸上，有种诡异的专注和神秘意味。

嘉闻并非猎奇之人，即便那对表姐妹忽然提前结束租期她也不多问半句。租客来来去去，她作为房东早已司空见惯；何况，不用问，她也能猜到，表姐妹俩各自有了男友，对生活有了新的规划。

菲然是很宅的女孩，她自己开了家网店，专门出售她从各处收集的稀奇古怪之物，有些特别精美，却不知有何用处；有些看起来丑丑的，价格却十分惊人。向来务实的林嘉闻只在乎一件事——菲然真的能指望一家网店维持生计？倒不是嘉闻孤陋寡闻，她身边开网店的人不少，大多是业余兼职，全职卖家都累得要死不活的。

反观菲然，她似乎只在半夜三更上会儿网，白天睡大觉，傍晚出去溜达一圈，有时神神秘秘出门几天，每个月房租便不用愁了，小日子过得还算宽裕。嘉闻倒不是担心别的，毕竟是自己亲自“面试”过的租客，她对自己看人的眼光还是十分自信的，她的同学、朋友交了男朋友或女朋友，第一件事就是带她去看看人。

嘉闻在客厅喝完了一杯牛奶，仍然毫无头绪。这会儿是半夜，去敲菲然的房门问她在忙什么，显然很奇怪，她是房东，又不是居委会大妈。当初“面试”菲然时，嘉闻便能感觉出她是个不按牌理出牌的人，一个人拖着一个大行李箱，从城市的一头到另一头。嘉闻提出的租金适中，但每个月租房的花费也不算小数目，如果不是考虑上班路程，很少人愿意再多花租金搬出来住。开网店的菲然不用每天挤公交地铁，她是为了什么呢？

独立？嘉闻觉得很可能，起身去洗了牛奶杯，准备回房接着睡。

“还没睡呀？”忽然，站在房门口的菲然对嘉闻摇了摇手，她戴着眼镜，一面说，一面打着哈欠。

“刚考完试，状态还没调整过来。”嘉闻微微一笑，继续往自己房间的方向走，她以为菲然发现了她的鬼鬼祟祟。

“我也是，一到晚上就睡不着，白天又总是打瞌睡。”菲然摘了眼镜，用手揉了揉眼睛，又说，“我买了好吃的蛋糕，一起吃吧。”

闻言，嘉闻没出息地折返客厅的沙发旁，堆着笑搭讪：“我有好茶，我去拿来。”是她平时常喝的那款，奋战考试这段时间她经常用浓茶提神。

“你考完该好好放松一段时间了，”菲然笑着递给她放了块漂亮蛋糕的碟子，“成绩多久知道？”

“两周。”嘉闻一边将泡好的茶推到她面前，一边提着滚烫的茶壶，“想不到去哪里玩，干脆等成绩得了。”

“我和朋友约了见面，你要不要一起去？”菲然问。

嘉闻迟疑了一下，猜想会不会是她男友的约，自己跟着去不像话，笑着兜圈子：“人多了，会不会麻烦呀？”

“不会。我预订了一些东西，去看看样品，顺便看望下朋友。”

嘉闻客气地笑了笑。

四个女孩同一屋檐下，相处融洽说难不难，说容易也不大可能。出了学校，小心翼翼相处的多数散得快，合则来不合则去，若非低头不见抬头见的同事、上下级，谁还乐意这么时时刻刻委屈自己。人越到一定年纪越明白一件事，有些亏和委屈既是毫无意义，也是应该避免的。

“我觉得你以后一定很不一样，”菲然顿了顿，“会很出色。”

嘉闻一怔，像是突然被老师一顿夸奖却又不知所为何事。同一屋檐下的四人，平日相处客气，带着点让人宽心的距离感，偶尔聚在一起吃顿饭，彼此了解少，龃龉也少。所以，嘉闻听了她的话很是有些吃惊，仿佛自己果真怀揣着什么不为人知的优点，待来日突飞猛进。她惶惑地问：“真的吗？”一问出口，立即感到很傻气。

“嗯。”菲然很认真地点了点头，“你做事很有计划，有了明确的目标之后就会一往直前。我也希望自己能这样，但总是做不到。”

“你有自己的专长，是别人做不到的。”嘉闻尝了口蛋糕，缓缓地说，“我希望能更任性些，稍微改变一下自己的固执，不再一条路走到底，结果发现是条死路。”

“你觉得我任性？”菲然笑嘻嘻地看了眼嘉闻。

“啊，开玩笑。”嘉闻捧起茶杯又放下，说，“我觉得你自由自在，做什么事都会成功。我不行，我做任何事都很急、很赶，就希望快点出结果，只想看到结果；如果没有好的结果，马上放弃。我恨透了这种脾气，感觉以后会一事无成。”

菲然默默地听着，偶尔附和地点下头，她说：“所以你更该和我出去逛逛。考试成绩要等两周，不要待在这里发霉。我在这里住了三个多月了，发现你除了买东西，几乎不出门。”

“啊，你也是这样。”

“我是工作需要！”菲然笑着强调说，“我在线上的联系人几乎都有时差，只好日夜颠倒。但你用功不必与世隔绝啊。”

两人相视一笑，嘉闻幽幽道：“她们两人搬走了。”菲然静静地抿了一口茶，听嘉闻说，“她们家里催得急，家里边人来了好几次。”

回想那些乱糟糟的日子，菲然记忆犹新，她眼睛眨也不眨地看着嘉闻，听她继续说：“她们搬得比较仓促，好些东西还在房间里。我外出的话，不用想着怎么跟她们家人解释了。”

菲然摇头苦笑。一转眼，天空已青灰一片，她感到一阵久违的轻松，明明一宿未眠，却毫无睡意，她对嘉闻说：“收拾东西，我们准备出发吧。”

意外之旅

出发时，一场瓢泼大雨骤然浇下来，两人背着包一路大呼小叫冲向地铁站。尽管跑得很快，外套也湿了大半，湿衣服贴在身上，两人冷得直哆嗦，商量着等赶上火车再换外套。

候车室里，嘉闻抱着背包缩成一团，牙齿咯咯作响，菲然拿了两杯热饮，将其中一杯递给她："上了火车就好啦。"一边说，一边拉着嘉闻向检票口赶去。她们火车票订得仓促，留给赶火车的时间也很紧张，因为错过这一班，下一班要等很久，所以菲然当机立断下订单时，嘉闻随手抓起一把衣服往背包里扔，菲然还笑她说："多带些漂亮衣服，谁知道会遇见谁。"

喜欢异想天开的菲然，精力充沛。火车上，坐在她身旁的嘉闻依然觉得不可思议。

"我们去哪儿？"嘉闻根据菲然说的地址，搜索了一遍目的地。

"一个非常漂亮的地方，门前有很多郁金香。"菲然翻出一张手机照，照片上的她笑靥明媚，旁边是一个男子的肩膀，但男子的身形在镜头之外。

一夜未眠的两人，安心地打起瞌睡。雨已经停了，火车飞快地穿过熙攘的城市，一片片田地飞驰而过，人烟越来越少。嘉闻忽然发觉很久没有离开城市了，或者说很久未离开过喧嚣的高密集人群了。无论白天黑夜，总是被一种厌倦、疲乏的情绪笼罩。她以为每个人都这样，但她的情况也许更糟。她的父母住在离外婆家很近的新公寓，很小的房子，刚够夫妻俩住，留下一处老房子由她照看，在出国进修前负责收房租。半年前她辞了工作专心复习考试，见从前的同学一个个东奔西跑地炫耀生活，过于平淡反而很不适应。她犹豫再三，最终决定出去看看，像她这么固执守旧的人，改变是很难的，发觉不合适会很快打退堂鼓，可好歹尝试过了。

睡醒的菲然拆了一盒糕点和嘉闻分着吃，随口道："她们告诉你下个月筹备婚礼的事了吗？"

"谁？"嘉闻疑惑道。

菲然神情莫辨，说："她们，表姐妹。"

"哪一个的婚礼？"嘉闻听得很是吃惊，她对发生在眼前的事浑然不觉。

"我无意间听到的，周玲劝她表妹，听家里的话先把婚结了之类。"

"家里催？"

"不完全是。"菲然谨慎地摇了摇头，轻声道，"钱晓梅很喜欢那个男生，毕业后跟着他东奔西跑，晓梅在感情上很执着。"

"喜欢上某个人，是命中注定……有时是一种劫数。"

菲然的眼神掠过一丝诧异："劫数？"

"未知呀。"

"未知才会激发好奇心，一开始就知道答案，多没劲啊。"

"不担心结局失望？"

"看悬疑小说，一开始就知道结局，你还会看吗？"

嘉闻拿着饮料的双手在瓶子上拧了几圈，仿佛真的在犹豫是否会看。菲然说："我觉得人生就是一个个阶段，过了这段时间谁也不知道下一次是否还会遇见，那时的境况也大不一样。我的房租到下个月，然后搬去和朋友一起打理店铺。你很快就会走吗？"

老房子的手续处理得差不多了，嘉闻听父母是这么说的。人与人之间的关系是否能维系，单凭感性、聊得来是很难的，往往共同的利益能把彼此不和睦的人捆绑几十年。

出火车站，菲然和朋友约见面的位置。嘉闻看了看时间，火车上昏昏沉沉睡了几个小时，这会儿突然开始疑惑为什么答应来这儿，一个完全陌生、没有做攻略的地方。背着旅行包、拖着行李箱的行人熙来攘往，无比真实的旅人中转站，她却像梦游到了这里。冷不防，她被人撞了一下，差点坐在地上，猝然如梦初醒。男子拿着手机在说话，皱着眉头，居高临下地扫了她一眼，不耐烦地等她什么反应。嘉闻又惊又怒，这个人怎么可以这么嚣张！

“你撞到我了。”她说。

“哦。”男子无动于衷，放下手机，“你看起来没事。”

“要我跟你道歉吗？”她提高了嗓音，眼睛极力搜索菲然的位置，光顾着想事情，和菲然不知何时走散了，但如果这时她马上打电话给菲然，倒显得她理亏忙着讨救兵了。

“好啊。”男子咧嘴一笑，把电话挂了，转头看了看四周说，“你走丢了？”

“怎么可能！”嘉闻感到自己脸红了。该死，这会儿还有空脸红，实在太不会吵架了。周围来来往往的行人投来好奇的目光，仿佛在看一对闹别扭的情侣。

“一个人旅行？”他一笑。

“哼。”

“要是没约朋友，我可以送你一段。”

“不能搭陌生人的车。”嘉闻紧张地摇头，赶紧拿手机拨菲然的号码，“我和朋友一起来的。”

“哦——”男子故意拖长音说，“男朋友？”

嘉闻白了他一眼，等着菲然接电话，却始终无法接通，拨了几次还是没用。

“我也打不通，”男子摇了摇手机，“这里的信号太糟了。”

嘉闻走离些人群，手机快没电了，在菲然找回来之前她不打算走太远。转头一看，那男子还站在那儿，悠闲地靠在栏杆上，她脱口而出：“你怎么还在？”

“在找朋友。”

嘉闻斜着脑袋瞅他，他咧开嘴笑，补充道：“女朋友。”

好像他也没那么讨厌，她走近一些道：“被放鸽子了？”

“应该还没，”他认真地摇头，“我还没放弃。”

嘉闻几乎笑了出来，忍不住道：“好执着。”

男子忽然一下站直了，吓了她一跳，他冲着一个身影挥手：“这里！

这里！”

嘉闻看过去时一道阳光照得她睁不开眼，只能眯着眼用手遮挡。她听见一个熟悉的声音在说：“终于找到你了！——嘉闻？”

嘉闻恢复了视觉，看到菲然正笑吟吟地看着她，双手勾着的男子正是撞到她的人。嘉闻笑了一下：“还好等在这里。”

菲然一边拉着嘉闻，一边挽着男友，问：“你的车停在哪儿？我们的日程表交给你了，你要把节目安排得精彩点。”

“当然。他们都到齐了，晚餐非常丰富。”他温柔地看着菲然，目光在嘉闻的脸上一掠而过。

不速食客

他叫秦尔迪，与孙菲然是校友。菲然从大学进校第一天就知道秦尔迪，他当时有个青梅竹马的女友，温柔漂亮，菲然当时也名花有主。他们在课外活动上相识，后来在一次次比赛活动中彼此留下了不错的印象。毕业后，两人渐渐失去了联络。

再次相遇时，两人有了截然不同的变化。

秦尔迪为了照顾生病的母亲，没有与女友一同出国留学，当他母亲病情渐渐好转以后，工作上他也有了能一展身手的位置。女友在视频中问他："我们还会在一起吗？"感情上他是个很现实的人，他说："可能不会。"

一个不想放弃游学的自由自在，一个不愿舍弃称心的工作。那次通话，彼此都知道这是离别。

相比从前恋人分手后便消失于茫茫人海，现在的人分手后还有各种各样的社交网络，没完没了地知道对方的近况，有时也不胜其烦。

"联系方式我全删了。"秦尔迪咬了一大口烤全羊说，嘴角油腻腻的。菲然拿了纸巾给他，他把脸靠过去。菲然迟疑了一下，仔细地替他揩去油渍。

楠溪江的烤全羊很有特色，点一只烤全羊，压根不够这群人吃的。

嘉闻在认识菲然这些朋友之前，有些担心他们都是成双成对而来，她一个人不仅显得尴尬，在住宿上也不方便。农家乐的住宿不及镇上，但为了美食和行程方便，秦尔迪决定在民宿落脚。

方诺是秦尔迪的好兄弟，他们和几个朋友一路开车过来，方诺喝着啤酒道："我们过来的一路上，风景真是不错，明天去景区的路线图我都研究好了。"

“不用GPS？”菲然怀疑地睃了方诺一眼，“上次听你说的路线，差点回不来了，要不是多问几个人，没准现在还在那儿迷路。”

方诺瞪了菲然一眼，找了嘉闻身旁的一张椅子坐下，“你就是房东？”

嘉闻一怔：“不是这里的房东。”

菲然转过头去对着秦尔迪笑，他看着好兄弟摇头。

“没想到你真的来了，”方诺喝得有点醉了，“上次去爬山时就听菲然说你会来……”

“上次？”嘉闻回想了一下，大约是一个多月前，她昏天黑地备战考试，然而效率低下。菲然不时找她出去吃饭、逛街，说要劳逸结合。脑子乱糟糟的嘉闻一边担心复习的内容忘光，一边又担心一出去玩心思就收不回来。

方诺很起劲地继续说着，菲然起身拉上方诺：“明天你开车，你少喝点，快去休息。”方诺抱着啤酒罐不肯放，两人一路抢了起来，菲然大笑，“你这个样子，明天怎么放心让你带路啊！”

留在饭桌上的几人放起了音乐，这家民宿的空房间基本被他们住满了。

嘉闻注意到菲然的行李和她的放在一间，秦尔迪的一间最小，堆了不少摄影器材。他拿着相机在试镜头，忽然对着嘉闻取景，她立刻把脸遮住，说：“别怕啊，很难看。”

“是吗？”他故意道，咧开嘴笑，“试拍一张，你坐的位置光线很好。”

嘉闻摇头，一边找纸巾擦手，秦尔迪拿了纸巾盒递给她，一副还在等她摆造型的样子，举了下手上的相机。她又好气又好笑：“你看不懂拒绝吗？”

“看不清。”他笑了起来，露出好看的牙齿，“快点，我数一二三。”

嘉闻紧张地拉了下衣领，表情凝重地看着镜头，他数到“二”又从头再数，她急道：“你会不会数啊！”

秦尔迪藏在相机后的嘴角在笑，指挥她说：“下巴抬高些，肩膀放松，对，再往后靠一些，这样光线更好。”

嘉闻傻傻地等着他按快门，脸上的表情都快僵了，催着问：“还没拍好吗？”起身要去看，他一下按了快门，她一声怪叫：“什么！”

秦尔迪拿起相机就跑，嘉闻在后面追着喊：“你不把照片删了，我跟你拼命！”

触目惊心的风景

一早出发的一行人，精神稍微好些的只有方诺，前一晚多喝了几罐啤酒很早睡了；剩下的几人打牌吹牛到后半夜。菲然不知从哪儿弄来两张挂毯，手工精美，异域风格的图案，秦尔迪在边上评头论足，说不过便找嘉闻搬救兵。嘉闻有些迟钝地看着，几乎是睁着眼睛睡着了。

菲然扑哧笑了起来："赶快扶她去睡觉，我担心她会一头摔在地上。"

嘉闻记得是自己摸回房间的，菲然要扶她，她死撑不要；秦尔迪要扶她，她坚决拍开。菲然后来告诉嘉闻说，秦尔迪气死了，从来没人这么拂他的好意，嘉闻有些得意地说："让他惊喜一下。"

车停在石桅岩景区的门外，一行人一边看路线图，一边商量着再去吃烤全羊。

旅游淡季的石桅岩安静而清澈，他们一群人沿着溪流走，直到酒缸潭，秦尔迪最先走上山的栈道，方诺看了眼游船码头，对身后的人挥手跟上。菲然拉住嘉闻拍照，嘉闻抬头一看，秦尔迪站在高一点的地方拿着相机，看到嘉闻的目光，他调整了取景角度。

小溪深处的风景，青色的树木和疏散的叶子，一些颓败的枝丫伫立溪流岸边。嘉闻想起一句诗词："枯藤老树昏鸦。"尽管那是首哀伤的词，意境却美得让人动容。人在落魄时读过的书、感受到的艺术启发，才是最铭心刻骨的。她曾独自旅行，难的不是路上的安全问题，而是终于看过风景之后该何去何从，她只能看着那些结伴旅行的人，听他们商量晚餐和接下来的活动。

嘉闻看着他们这群人，感到莫名地开心。人在成年后，越来越难结识志同道合的朋友，若非利益相关，大多数人懒得维持这份关系。她接受了自己没有人缘的事实，也顺应了性格中消极的一面，当她发觉还能感受到这种久违的喜悦，她甚至有些感动。

一个身影靠近过来，站在嘉闻的身旁，她看也不看地说："这里真像武侠小说的世界，有颓败的树枝、枯黄的草、怪石、逶迤的栈道，最重要的是有溪流，用来洗剑，听溪涧的水声——"转头一看，愣住。

秦尔迪古怪地看着她："你是打算在这里隐居？"

"没有。"

"看上哪个岩洞告诉我，下次来玩我给你带吃的。"

"不要。"

嘉闻满脸嫌弃地瞪他，他继续发挥："前面那条小溪水流比较急，我觉得刚才那潭碧绿的水池不错，要不去踩个点？”

“我就算去踩点，也不和你去！”嘉闻干脆地说。

秦尔迪一脸失望，说：“说得这么死，真伤人。”

嘉闻被他逗得笑了起来，怎么看他都不像这么容易被伤到的人：“你和别人去，我自己去。”

秦尔迪看着她的眼神慢了一拍，那一瞬间，两人都像是点到了穴位。他拿起相机转身走开了，嘉闻暗骂了自己几句。

雨后的景区内，空气清新宜人，除了他们一行人之外，几乎看不到别的游人。嘉闻站在山腰处看来时的路，深深地吸了口气，抬头迎上菲然的目光。菲然招手让她过去拍张集体照，她见方诺身旁空着，便走了过去。菲然说她站的角度被挡住了光线，拉着方诺换，方诺不肯，他喜欢身后的风景，坚持要这么拍，最终嘉闻与菲然互换。嘉闻站在一边，紧紧抓住栏杆，脚下一片山水树木，她的恐高症又犯了。忽然，她感到手上一紧，一只修长有力的手握住了她的手掌。

一行人原路返回去坐船，远处的艄公像世外之人，碧绿的湖水清澈见底。船上的几人忙着抓拍风景，船从山水之间穿行而过。一上岸，秦尔迪带着他们走砂石路，以为行程结束的人在问：“回去是这个方向？”

“一半还没逛完呢。”秦尔迪回头一笑，目光扫了下跟在队伍最后的嘉闻。

山水之间又见碇步，横在溪流中间，一行人不怀好意地琢磨先推谁下去比较好——溪流非常浅，掉下去最多湿鞋子。方诺最先跳起来，一脸被害妄想症地喊：“你们都走在前面！我殿后！”没人理他。

秦尔迪径直走了上去，菲然和另外一人推方诺，他死活不肯，之前他掉进溪流里，衣服还没干透，这会儿精明警惕了。嘉闻见秦尔迪快走到对岸了，便走了上去。接着其他人跟上，走到中间，一阵怪叫，又有人掉进水里了——这次是两个，方诺死活要拉个垫背的，把菲然拖下水，身旁的人使劲拉也没拉住。一群人哈哈大笑，方诺完全湿透了，他气得大呼小叫，幸灾乐祸的人赶紧拍照，其中就有秦尔迪。嘉闻留意到被冲上岸的树桩，出神了好一会儿，听见身后的人说：“发现练武玄机了？”

秦尔迪似笑非笑地斜着眼看她，嘉闻咬咬牙：“看到钱了。”

闻言，秦尔迪赶快走上几步：“在哪儿？”

“看错了。”她拍拍手上的灰尘，看也不看他就走了。

远处有呈紫红色的山，一路上有供人休息的亭子，一行人七嘴八舌地争论是先吃点东西还是一口气走到小三峡。最终决定，先把负重的食物吃掉一些，便找了个凉亭歇脚。

秦尔迪拿着相机到处取景，方诺还在为刚才掉水里的事嘀咕，毕竟一天掉两次，频率高了点。菲然笑嘻嘻找人拍照留念，说：“难得景区人这么少，好像就我们这几个。”

“还不是怕被你推下水。”方诺冷不丁冒出一句。

菲然不搭理他，拉着身旁的人留影，目光掠过正走出凉亭的嘉闻。

溪边一堆乱石，嘉闻小心翼翼地走来跳去。秦尔迪正在调整取景器，回头看到她：“摔在这里就太痛苦了。”

嘉闻摇头叹息，继续往前挪几步，站在溪流边看远处的山：“以前看过一部很老的武侠片，剧情忘了，有个情节是，主角被仇人一路追杀，跑到溪流边，画面里一片青山红叶。明明是这么危急的时刻，我却觉得很美，武侠世界里的刀光剑影也那么诗情画意。”

他的眼神变得莫测难辨，脚下溅起一片水花，踉跄一步险些摔一跤。“来看我的摄影展吧。”他说。

“菲然呢？”她问。

“随意。”他耸了耸肩，“你会去哪儿？”

“纽约。”

“哦。”

“改天去你和菲然的店铺看看。”

秦尔迪疑惑地看了她一眼：“店铺？”

嘉闻自觉说错话，笑着岔开话题，转眼发现菲然正与方诺说着悄悄话，表情很开心。菲然和秦尔迪大概是她见过的一对最不像男女朋友的男女朋友，她意识到他们两个几乎很少走在一起，连比普通朋友更亲近的时候也很少。如果这是对很酷的情侣，那她是越来越无法理解别人的感情世界了。

“有机会去看你。”他随口道，听起来是句不靠谱的客气话，可又不像。

“你和……”嘉闻不安地扭着手上的挂绳。

“不欢迎？”

嘉闻摇头，他的眼神闪烁不定，伸手拉她从溪流边站稳在一块石头上。嘉闻偶尔会故意装傻来避免生活中的尴尬，当她发觉秦尔迪说的某些话可能是真的时，她问：“还会再见到你吗？”

“你希望看到我吗？”

她很讨厌用问题回答问题的人，皱着眉头看他，没法对他生气，干脆自顾自往凉亭走去。她似乎听到他跟上来的脚步声，抬头一看前方，菲然招手让她去吃东西——几个人在地上铺了张塑料纸，水果、饮料、食物摆得满满的，决心要替背包的人减减负。

小三峡的水如碧玉，弯道临水，教人驻足良久。水流从山涧穿行而过，游船码头上正有艄公在等客上船。远处的青山上白云缭绕，嘉闻看得出神，很想等等看是否真的会出现奇迹。她偷偷打量也在对着群山出神的秦尔迪，他颀长的身形站在船上，要是告诉他，他长得真像那部不知名的武侠电影里的男主角，他会微笑着沉默，还是岔开话题？

夜晚，民宿前的一小片空地，不知培植着什么植物。嘉闻拿了罐啤酒自斟自饮，一轮明月散发清辉。屋内的热闹还未结束，一群人酒酣耳热地打闹。

“现在不是花季。”

嘉闻回头一看，手上夹着烟的秦尔迪站在空地前，他点着头说：“这里种的是郁金香。”她沉默地看着远处的夜色，听他继续说，“最早的郁金香盛开于帕米尔高原山坡上的低矮树丛中，一直蔓延到天山脚下和山谷之中。那里也被认为是世界上环境条件最恶劣的地方之一。听老板说这里的郁金香根茎是从西藏带来的，适应能力强，生命力旺盛。每到花季，这里的郁金香开得特别鲜艳。”

“所以你选这里？”嘉闻微微一笑。

“我听说会看到黑郁金香。”他说。

嘉闻想起非然那张站在郁金香花丛前的照片，旁边的肩膀是秦尔迪的，在一堆鲜红的郁金香前，他手上拿着一束紫色的郁金香，有种触目惊心的美。

爱错的时间

从雁荡山到龙湾潭，湖光山色，美不胜收。去看瀑布要爬山，在山顶的玻璃观景台里，不少人吓得腿发软。下山时菲然有些担心，方诺安慰她不怕，嘉闻提议按原路返回，秦尔迪说：“我们从入口处湖泊边上的隧道穿过去，去红岩湖。”

看完瀑布准备去龙湾潭山庄时，菲然接到电话要立刻赶回家去，嘉闻说陪她一起回去。秦尔迪送她们去火车站，他还要赶回景区接其余的人。

行程临时变更，嘉闻能察觉到菲然的忧心忡忡，两人买了最近的一班火车的车票，便专心地等在候车室。

“你该留下来。”菲然忽然说。

“让你一个人在路上？”嘉闻轻声说，“我们一起来，当然一起走。”她记得临走时她站在一旁看着这对不像恋人的恋人拥抱告别，还看到秦尔迪深深地看了她一眼。

“你的行程还可以不结束的。”

嘉闻似乎听出弦外之音：“我还有别的行程。”

菲然不再说话，拿着手机一条条发着消息，也许是发给家人的，也许是秦尔迪。分别时，秦尔迪看上去很不舍得，毕竟是恋人，再酷的恋人也是恋人。一想起来，嘉闻感到一阵酸楚，她当然不会承认她是落荒而逃。

火车上两人默然无语，菲然不耐烦地看着窗外，点着手机等信息；嘉闻在网上订了本《黑郁金香》，然后一觉睡到下火车。

菲然一下火车便说要赶去医院，抱歉地对嘉闻说：“谢谢你陪着我回来。”

昏暗的天空飘着小雨，嘉闻目送她匆匆坐上出租车。

嘉闻等成绩的几天里，菲然早出晚归，周玲和钱晓梅一前一后回来拿东西，客气地邀嘉闻参加喜宴。嘉闻发觉菲然的房间差不多已经搬空，过去常常铺满房间一地的各种物件，不知不觉都已收拾清理。她感觉到菲然是故意躲开她，女生的龃龉常常不是吵架，而是渐渐疏离。

有好几次，嘉闻想等菲然回来聊天，她想谢谢菲然邀约的旅行。每当门外响起脚步声，她总以为是菲然，毕竟还有二十多天的租期。

某天夜里回家，她站在楼下看着楼上的窗口，从前里面住着四个女生，现在只剩她一个，而她也快搬走了。

楼前站着一个身影，抽着烟，在路灯下眉目模糊不清。嘉闻走近些，心里一阵悸动，想掉头就走。

“嗨！”秦尔迪从阴影中转过脸，对着她笑了笑，眼神闪了一下。

“菲然不在，她很少住这里了。”嘉闻抓了抓背包，不安地左顾右盼。

“我知道。”他扔了手上的烟，细细地打量她。

嘉闻拿出钥匙去开门，他站在她身旁：“你好吗？”

她拽紧手上的钥匙，听到他渐渐靠近的声音，说：“菲然还有些东西搁在这儿，你跟她说一声吧，过些天有人来看房子。”

“你要走了？”

“是啊，正在订机票。”

秦尔迪叹了口气："找到你要隐居修炼的世外桃源了？"

嘉闻轻轻一笑，看着他沉静的眼神："如果我找到，一定会在门前种一排漂亮的郁金香。"

"那就不容易错过了。"

嘉闻听得有些黯然。爱是自私的，一个人要么拿出爱自己以外的心力去爱另一个人，要么不让对方知道，在心里扑灭或升华。升华这样的爱是危险的，像盛开时的花，让人无限怜爱，但早晚也有枯萎的一天。

秦尔迪在拍照时握住她的手，她到现在都记得那种温柔。他集她喜欢的男生优点于一身，仿佛是从她梦境里走出来的。他是那部不知名的武侠电影中逃亡的男主角，她是那个一路追杀的杀手——爱只在毁灭中得以升华。

"我好像在哪儿见过你，"他低声道，"很久以前就认识你。"

如果她开口，他们会不会有开始？嘉闻看着他，他一下子就明白了，他说："去楼上说。"他到底是个狡黠的男生。嘉闻看着他，看到他手机的屏幕亮起来，是菲然打来的电话。

爱上一个人没有错，错的是爱错了对象，错在了爱的时间。

黑郁金香

讨厌搬家的嘉闻，在纽约待了半年后才渐渐习惯三不五时搬家的生活方式，每个月快到月底，她便开始收拾整理，能丢掉的尽量丢掉，搬到下一个新地方，很快又会凑齐一堆家居用品，有时还能捡到不错的小摆设。

她经常在主页上晒她的日常，学校、打工、周末聚会。比起从前，她渐渐注重起社交生活，结识新朋友。半年前的她，或许很难理解生活习惯上的改变，人毕竟会安于自己的生活节奏。那次和菲然的意外旅行，让她总有种意犹未尽的感慨和没有爱上就结束的遗憾。

最难的不是遇上，而是即使遇见了他，也只能看着他离去。

周玲在线上对嘉闻说：“当时以为菲然会把方诺介绍给你。”

“是吗？”嘉闻笑道。

“是啊。听说了吗，方诺要结婚了。”

嘉闻在视频另一头笑了笑：“什么时候？”

“菲然没告诉你？”

嘉闻想起半年前在老房子里，菲然也问过她相同的话。嘉闻问：“她也快结婚了吧，不时看到她晒些旅途的照片，能找到志同道合的人真好啊。”

周玲诧异地盯着嘉闻，像是看到了外星人：“你真的不知道？”

“知道什么？”嘉闻没好气地说，她每天一睁开眼不是去上课，便是赶着去打工，每天只要能抽出时间，也都出去跑步了。

“孙菲然结婚的对象是方诺。”周玲怕她没听清，又强调道，“是方诺！”

“她不是和秦尔迪？”嘉闻忽然住口。

周玲狐疑地瞅着嘉闻，一脸“你不是应该最清楚吗”的表情，嘴上打哈哈：“感情破裂了呗。”

嘉闻想打听秦尔迪的近况，但这么直接地问会很奇怪。这时周玲被一通电话叫走，走时不忘敲了敲屏幕，像个提醒学生不要忘记做作业的班主任：“你有艳遇不要瞒着，我就指望这些了。”

嘉闻在菲然的主页上搜寻秦尔迪的身影，这才惊讶地意识到菲然每次发的只是旅途中两人的背影——以前嘉闻每次只要看到菲然发照片便赶紧关页面，她不愿一次次回想秦尔迪来找她的那晚。如果她愿意等，结果是否还是一样？也许，会有一个开始……

一年的学期变成了一年半，她有了几个要好的朋友，周末尽量减少了去参加聚会，而是与几个朋友在家烧烤、喝啤酒，自由自在。每当此时，她便会想起楠溪江的烤全羊，美食的香味久久缭绕，比喜欢过的人更不容易忘记。

她从开花店的朋友那儿买了些郁金香的根茎，打算在阳台上种起来。她新搬的住址，楼上楼下住着几个漂亮的模特，经常能听到她们热火朝天开派对的声音，外表陈旧的公寓里进出着赏心悦目的模特，她乐得在阳台上看热闹，互相挥手致意。

郁金香花盆里似乎有了点动静，春节过后她开始专心致志地等花开，人家养猫、遛狗，她种花。过了这个春天，她就要收拾行囊回家了，好歹让她在走之前看到花开。

她的模特邻居说：“在花店买很方便，买花送给自己也是一样的。”

嘉闻笑了起来：“我种出漂亮的郁金香，一定送给你几束。”模特邻居笑得很开心。

情人节前夕，她订了回家的机票，望向阳台上的花盆出神。她一直在主页上更新郁金香的照片，种球发芽后要根据天气的变化随时搬进搬出，温度太低不行，温度高了会使植株茎秆弱，花质差。她像呵护易碎的工艺品，一有状况便打电话给开花店的朋友。

“看来它对你真的很重要。”

“毕竟是曾经贵比黄金的郁金香啊。”

第一朵花开了，是红色的；渐渐地，其余的花骨朵也绽放开来。她回家的日期越来越近，看着鲜亮明媚的郁金香，她感到安心。坐在阳台吃早餐时，她看到一个人影在楼下看她，她低头去看，人影已经消失了。

有那么一刻，她以为看到的是某一个人，觉得实在很荒谬。

秦尔迪与孙菲然分手后，与很多人失去了联络。菲然在结婚前打了个长途电话给嘉闻，隔了将近两年的时间，电话刚接通时都有些不知所措。菲然很快宣布了自己的喜讯。她和方诺开了间驿馆，周围是有山有水的风景区，客流量不用愁。她把驿馆布置成浓墨重彩的复古风，方诺担心会吓坏游人，但依然毫无怨言地到处替菲然收集稀奇古怪的物件。没想到，驿馆开张后，喜欢这种风格的人还真不少，更有些人慕名而来。

“有件事我一直想告诉你，”菲然顿了顿说，“那天在火车站，他去送我们，我能感觉到他很在乎你。当时你要是留在楠溪江和他们在一起，或许……或许会是另一种结果。”

“谁都有一段漫长又难受的旅程，”嘉闻说，“菲然，那些过去了。”

菲然在电话中欲言又止，最后还是忍不住问了出来：“你爱他？”

“也许吧。”

“第一次见面时？”

“他像从我记忆深处走出来的一个人，当时我还很生气，为什么要有这样一个人，为什么还要真的遇见，为什么……他是别人的男朋友。”

菲然笑了起来，眼眶有些泛红：“我明白。”

“嗯？”

“他说起你时也是这样。”

菲然挂断后，嘉闻握着手机直到手指渐渐僵直，她无奈地一笑。

这时，门外有人在敲门——大概是楼上楼下的模特邻居吧，她们都瞄准她的郁金香了，知道她即将回国，花没法带走，早就惦记着各人能得几束。

“郁金香再多等一天啦——”她住口，双手捂住嘴，惊讶地看着门外的这个人，“是你？”

“我来这儿好几天了，如果没看见郁金香，我就不打算上楼来了。”秦尔迪咧开嘴笑。

“可你是怎么上楼的？”

“噢，我对一个正在开门的女孩说，我找的一个女孩住在这里，然后给她看照片，她就让我进来了。”

“你把我拍得很丑的照片到处给人看？”

“也就十来个人吧。”

“去你的！”她气得拍了他一掌，被他一把握住手腕。

“终于……”秦尔迪从身后拿出一枝黑郁金香，“我找了很多地方，几乎快要放弃的时候，才知道有个地方出售黑郁金香。”

“可它的花语是，死亡的象征、神秘、诡异。”

“死亡是颓败的升华，好过腐朽的维系；神秘和诡异，爱是追问，这样的开场还不错。”

嘉闻眼眶一红：“无法停止追问时，只能装作不在意。”

秦尔迪抱着她：“我一直都知道。”

明 天 你 将 会 是 在 哪 里

王宇昆_励志作家，香港青年文学奖得主

1

他坐在我对面，穿着羽绒服，如果不是餐厅的服务员要求他把烟掐了，他一定会吐出一个令自己满意的烟圈。今天是他的生日，他大老远飞过来，要我一起给他庆生，我选了大学附近的一家寿司店，一进门是一个俄国人用不怎么道地的日语说“欢迎光临”。

他的表情有点生气，刚才夹着烟的手指现在孤零零地叩击着桌面。菜单放在面前，他指了指金枪鱼寿司，又指了指鲑鱼寿司，我把他的要求翻译给服务员听，整个过程的漫长让这位金发美女有些不满。

“要是有空就帮你爹打听打听这片有啥好活能接。”

我点点头，点了好几下，然后对他说：“你给我留个电话吧。”

作为亲生儿子，我没有我亲生父亲的电话号码，我们用各种各样的方式联系着彼此，除了“这么晚了，怎么还不回家，又去哪儿野了”这种问候。

他这次找到我，多亏了俄罗斯的一场大雪。我通过老师找了一个兼职，清扫学校大门前的积雪，每天拿少得可怜的卢布，清扫一周。所以那段时间我每天都一边看着天气预报，一边祈祷着明天没雪，但全年不准的天气预报在这一周却出奇地精确。

清扫的时候，会有调皮的小孩搓起雪球在身后偷袭。我拿着扫雪工具，拍着身后的雪渣，一抬眼便看见了从计程车上下来的他。

就跟每次莫名其妙地出现一样，他也总会毫无留恋地离开。

直到最后一个鲑鱼寿司下肚，他也没有给我电话号码，只是模糊地给我指了指南边的方向。

他的手恰恰指向寿司店的厕所。

“所以这次是茅房探险吗？”我打趣他，他拍了下脑壳：“是印度洋，印度洋！”

“做海盗，还是征服塞舌尔小岛？”

他摇摇头：“去打鱼。”

那一秒我的脑袋里想的是我可能再也没钱买的生鱼片，而不是“打鱼啊，会不会很危险，你要去多久”这样牵肠挂肚的问题。

他的生日没有蛋糕，所以他干脆对着寿司许愿，许愿也不用蜡烛，只要鱼肉够鲜够美，生日就算是得到了极大的满足。

我喜欢食生的习惯，多半遗传于他。别人讽刺我喜欢吃生是没进化完全的野人，想想也是，不然我为何会对他喜欢流浪的天性如此泰然。

2

我送他安检前，我们在谢列梅捷沃机场的大厅里嚼着口香糖，看着周遭不时有人相拥哭泣，难舍难分。

小的时候，他每次离家前，或者我每次被送去全封闭寄宿制学校前，都是这幅景象。

后来，有一天我妈告诉我，你爸在香港跟人打架，挨了刀子，送进医院了，你想要的礼物也泡汤了。从那之后，每次分别，我再没有哭过。我妈大老远从东北坐飞机去香港，来来回回折腾了半个多月，然后一嘴骂骂咧咧，一手大包小包化妆品，带着他回了家。

那时候我们刚从平房搬进楼房，谁家吵个架，隔着墙听得一清二楚。那天晚上我妈和他大吵了一架，我躺在小床上拿卫生纸塞住耳朵，不管用，就干脆跑出去喊街坊邻居来我家拉架。那么小的客厅堵满了穿着睡衣或没穿衣服的男女老少，我爸朝我妈脸上“啪”地甩了一巴掌，声音脆得吓人。

第二天，我妈和他去民政局离婚。

那时候我大约十岁，上小学。我妈搬出去的时候几乎把这个家掏空了，冰箱、彩电……甚至吹风机、熨斗都带走了，就剩下墙壁上那个结婚照，相框外的玻璃还破了。

我妈没要我，我就跟了我爸。他动不动就冲着我骂我妈，诸如“臭婊子”“臭娘们”之类的脏话。

我在一旁看动画片，《黑猫警长》里螳螂妻子吃了螳螂丈夫。我还一脸不可思议地问他，螳螂为啥把自己丈夫吃掉了。

他一边喝着白酒，一边嚼着花生米："你妈就是个母螳螂，她把钱全给吃光了，这个臭娘们还跟个小白脸跑了。"

我不明白公螳螂在讲什么，就上前去把电视机关了——昨天他刚买的电视机。

我也是后来才知道的，我爸在香港做生意跟人家打架，进了医院，我妈趁着我爸在外面挣钱搞外遇，知道我爸出事了，就借着这个机会打了离婚。就连去香港接我爸回来，她也是抱着购物的心态去的。

我觉得这种事情会给一个男人造成不小的伤害，不说生无可恋，也起码得长醉三五个月。但我爸并没有，我妈带走的那些电器，他重新一件件购置齐全，然后一声没吭又出门闯荡了。临走前，他把我托付给楼下的奶奶照顾，还给我留了张照片，是他前一年在三亚陪我坐滑索时照的，十五元快取，贵得要死，他拉着我印了一张。

我就像电视剧里那些苦孩子一样，把那张我咧着嘴笑，我爸也咧着嘴笑的照片塞在枕头底下，想爸爸的时候拿出来看一眼，想妈妈的时候也拿出来看一眼，肚子饿的时候也拿出来看一眼。

他每次回来都会给我带好多吃的穿的玩的，虽说穿的总不合身，玩的总不喜欢，好在吃的能看出他的一番心意。全都是我没见过的，什么鳄鱼肉、鸵鸟熏肉……仿佛也跟着他尝遍了全世界的味道。我的那些同学们都会嘲笑我们家这档子破事，我就拿着鳄鱼肉，鄙视他们见都没见过。

又一次，我爸回来在厨房里忙活了一上午，我放学回来问他捣鼓什么呢，然后他就端了一盘子寿司出来。那是我第一次知道寿司是什么玩意儿。我爸纯手工制作，他说是他在山东出海进货的时候跟日本人学的。味道很不错，生鱼肉透着微微的腥气，米饭也有点干涩，但口感扎实。

我吆喝着说："爸，你给我做一个星期吧，过了这个星期你再走。"

他伸手捏了捏我的脸蛋："跟你娘一样，都是馋嘴。"

3

他是喜欢漂泊的人，起点虽然只有一个，终点却无数。我永远不知道他明天将会在哪里，他说他也不知道。

在我已经不会用眼泪延长分别时彼此挽留的时间后，我变得愈发从容，尤其是面对人生的诸多悲剧现象。比如，分手。

我初三那年谈了一个女朋友，是我的同桌。我学习成绩跟她不相上下，默写古文的时候她经常偷偷抄我的，她眼珠子骨碌碌地转的时候可爱极了，像只小猫。

我自己做了一盒寿司拿去给她，顺便表白，然后她答应了我。我们经常会在英语老师的课上偷偷在课桌下面拉手，我紧紧地攥住她的手，柔软细滑，特别像生鱼片入嘴的那种口感。我们恋得愈加疯狂，成绩也下滑得愈加迅猛。

班主任在后门盯梢，逮着我俩上课拉手后，把我俩叫去了办公室。当我面带遗憾地告诉班主任“我也不知道我爸身在何方”的时候，我万万没想到他会在第二天就回了家。

办公室里的气氛不是很妙，女朋友的家长以各种罪名讨伐我，我的女朋友也在关键时刻倒戈，说是我整天骚扰她。我爸在办公室里给了我一巴掌，“啪”的那一声，让我想起多年前他打我妈那一下子。

我想我是不是也要在第二天跟他断绝父子关系，因为那一下实在太疼了。

我脸颊火辣辣的，低头看着地板，看到我爸那双破鞋子烂了一个洞。

我的同桌被调去了别的位置，和我隔得远远的，同时我们也分了手。我们变成了最熟悉的陌生人，即使打了照面，也会沉默着路过。我极其难过，揉着那还有余痛的脸颊，在心底咒骂对方是个“臭娘们”。

我爸回家后继续教训了我，他不知道从哪里抽了根树杈子，追着我满屋子跑。我从来没见过他发这么大的火，即使当年他和我妈吵架也没这么大怒气。我心生畏惧，“扑通”一声跪在了他面前。我求饶，求他别打了，他甩下那根“凶器”，一巴掌拨开我的脑袋，然后离开了家。

他一个月没回来。

再回来的时候，他还是穿着那双破了洞的鞋子，衣服也没换，白头发多了些。我问他干什么去了，他瘫在沙发里，捧着我的脸说：“儿子，你爹完蛋了。”

我只知道他是个做生意的，卖过皮革、木材，倒腾过石油、珠宝，还出海打鱼，养过藏獒；只知道他会源源不断地给我钱，或多或少，但从未停过；只知道他每次回来待不了多久，又要再次离开，踏上我不知道的路途。

但我从不知道有什么样的故事此时此刻正在他的身上发生着。

我问不出答案，只能看着他脸上的难过，像个被动物园抛弃了的黑猩猩。

他开始疯狂酗酒，在家里灌自己二锅头，一瓶又一瓶，在家里随地吐痰，我打扫的时候能看见血。他叫他那些狐朋狗友出去喝酒，回家的时候脖子里有碎玻璃碴子，他却笑得像个小痞子。

一整个月，他都没有离开。

那天晚上十二点多了，我下晚自习回家，屁股还没坐热，楼下的吴奶奶就上来说我爸跟人打架，现在倒在马路牙子上。我穿着校服一路狂奔，却没在吴奶奶说的那个地方瞧见他，于是又找遍了东北这座小城市离我最近的所有街道，最后在臭水沟边的草地上看见了他。

他脸上被人划了一道，脖子上、手掌心里全是玻璃碴子。他说着荤话，一边放荡地笑，一边用手挠脸上那道口子，笑声从臭水沟这边传去那边，再传回来，传进我的耳朵里。

我骂骂咧咧地问他怎么和人打架了，他醉醺醺地说一个姓王的卷了他的钱，一句话没说就人间蒸发，留下他一个人在街上睡了三天。他说着说着就开始哭，手指还在半空中挥来挥去。

“可怜我那小崽子，他那么小就没了娘，整天脖子上挂串钥匙，一个人孤零零地回家。”他那双挥舞着的手突然落在了草地上。

“崽啊，你别怪你爹，你妈跟着别人跑了，可你爹永远不跑，他就算身上一分钱没了，他也不跑。”

他的眼泪顺着脸上的沟壑流下来，我用力把他扶起来，眼泪也跟着掉。他好像模糊中看见了我，伸出手摸了摸我的脸。

“崽，你老爹没喝醉，你看我还能走，就是，就是找不到回家的路了。”

我把他的手搭在我的肩膀上，那一瞬间他踉跄了一下，我才发现原来我已经比他高出那么多了。那天晚上我们一路缓慢地走回家，一句话也没说，他也没察觉出我流了眼泪。

后来我才知道，那次被班主任叫家长的时候，他正在上海谈一个很重要的生意，接到电话后他火急火燎地赶回来，隔天一回去发现自己的存款和账目全被套走了。

4

后来的一天，我放学回家发现，家里的彩电、冰箱、洗衣机……全没了，就和当初我妈走时留下的那个贫民窟一模一样。

我爹拿着两张机票，给我看。

“日本，下周一的飞机。”

我这才想起，这之前，他曾经指着一幅世界地图跟我说：“你最想去哪里，随便指。”我就冲着那个细长的岛屿国家画了个圈。没有工作的他，把家里所有值钱的电器全都卖掉了，整间房子就剩下泛黄的墙壁，还有两张床。

那个时候，出趟国旅游还是要花不少钱的。

从东北到日本只需要几个小时，卖这些电器却足足花了一个星期之久。

在日本，他带我吃了道地的寿司，那个味道我至今都记得，像是当初拉着女朋友的小手似的，满足感和惊喜感是从心底蔓去脚跟的。

前后一周的时间，他叫我不要想接下来我们的生活该怎么样进行下去，而仅仅是享受此时此刻。

我和他一起泡温泉的时候，他闭着眼睛哼着一首歌，我问了他一个问题：“爸，你为什么从来不肯给我留下你的电话号码呢？”

他说："我有你的电话号码就行了。"说完他整个人就猛地沉入了水底。

回国后，他一直靠着送快递维持我们俩的生活，直到我初中毕业，升入高中，他终于还是按捺不住他那天生流浪的性子，又一声不吭地在某个清晨消失了。

整个高中时期，我们见面的机会越来越少，每次见面的时间也越来越短。我大概知道他去过印度谈生意，在北京当过运输司机，还有去韩国倒腾过化妆品。生活渐渐好转，家里换上了新的液晶彩电、冰箱、洗衣机。

距离高考还有一百来天的时候，他给家里的座机来了个电话，我问他在哪里，他说他在云南捣鼓米线，打算在东北开个米线店。中国的南端和北端的距离，让我在这个小小的电话筒前不知道该说什么好，只能说"注意安全吧"，再补充"早点回来，回来的时候别坐火车了，坐飞机"，最后挂断电话。

我已经很适应这种生活状态了，包括他倒下哭泣到重新站起来时的所有变化。所以，在我高考落榜，他把我送去俄罗斯留学的时候，我也没有产生多少恐惧和抵触。或许这就是从他身上遗传下来的生存原则吧。

5

那一周的扫雪工作终于坚持到了最后一天，那天他给我发了一封邮件，是一张照片，他抓着一条有他胳膊那么长的鱼，冲着镜头咧嘴大笑。

我又想起小时候我躲在被窝里边哭边看的那张照片，没变的是，他的牙还是那么黄。

“我有你的电话号码就行了。”

现在想想，这个答案也没那么简单。

我好像在哪儿见过你，
很久以前就认识你。

岁月如歌，唱着唱着就变了腔调。
很多的记忆，都慢慢变了颜色。

远远地，我就知道你来了

马叛_人气作家

美人难过英雄关，过得了的无敌，过不了的是萝莉。

1

我叫颜景，美颜相机的颜，风景的景。可能我妈妈生我的时候，想要一台单反相机，而我爸爸又不愿意买，于是妈妈就给我取了这样一个名字。

我十二岁的时候，爸妈离婚了，让我选一个人跟随，我选择了跟随自己的心。在他们争吵不休的时候，我带着妈妈的单反相机和爸爸的钱包，离开了家。

没想到一走就是这么多年。我出生在云南，那时候在云南和贵州，有很多不愿意回家的小孩子，所以我并不孤单。

不过关于童年和少年时代的事情，我不想讲太多，起码不想现在就讲，我想先讲一讲我的爱情。

2

二十一岁的我在长沙，我去过很多地方，这里是我最熟悉的，也是第一个我离开了又回来的地方。这里埋葬了我的爱情和对生活的憧憬，但也正是这里让我生机勃勃，觉得自己真实地活着。

我不爱睡觉，觉得浪费时间，认识我的人都很惊讶，我自嘲说我是仙女，其实只是睡不踏实，一有风吹草动就会醒来，就像一只警觉的四处飘摇多年的猫。

有时候睡不着，我就在长沙的街上闲逛。一个人逛累了，就会给朋友发定位。记得给他发的时候已经是凌晨一点了，没想到只过了二十分钟，一束强烈的摩托车灯特有的光就照在了我身上，远远地，我就知道他来了。他在我的手机备注里叫老司机。

他说：“走，带你去爬黑麋峰。”我笑笑不说话，戴上头盔坐到后座。我知道我们是同类人。在越来越繁华的长沙，追求精神快乐的人，越来越少了。

故事要从我手上的手机说起，当年苹果手机的最新款6S，玫瑰金色，他卖给我的。这是我在他店里买的第四台手机。我们相识的时间很好记，就是苹果4S手机上市那一年，现在那款手机已经停产了。

可能这世界上一切事物都有保质期，苹果手机如此，爱情也是如此，一旦过时，就会被嫌弃。年少时可以买火车站票站十多个小时去见的人，时过境迁之后，就是在身边，也懒得打个招呼了。在我们无限漫长的人生当中，不知道会遭遇多少有保质期的感情。

我对新鲜事物一向好奇，所以一看到苹果手机的功能介绍，我心中就只有三个字——买买买。好在我离开家早，离开学校也早，已经早早适应了这个社会，想买什么，就可以去买什么。但是当时不知道是经销商的营销手段，还是真的有那么多“土豪”，我逛遍了长沙的手机卖场，都没买到。

最后还是闺密支着儿，让我在网上搜搜看，我一搜，还真搜到一家小店，说是从特殊渠道拿到的，只有几台，比市场价要高一些。我加了卖家的联系方式，约好了拿货的地方。虽然是私下交易，看上去有点不可靠，但是一切进行得很顺利。那款手机我一直用到了苹果5上市，才送给了当时的男朋友，期间没有出过任何问题。但每次跟朋友说起这个，他们都说，那是你运气好。

运气好坏暂且不论，那时候的我，确实对整个社会疏于防备，或者说，不相信这个世界上有那么多坏人。

买了4S之后，一晃两年，我和那个手机卖家，也就是后来的老司机，都没有过交集。尽管彼此加了QQ，尽管留了电话号码说手机有问题就找他，但是手机没问题，也自然就没有了找他的可能。

第二次见到他，是在5S上市的时候。那时候我刚和男朋友分手，心情不太好。有个男生在疯狂追我，我也不太当真，确切地说，是受挫太大，一时之间不相信爱情，不太相信男人这个物种了。

在追我的男生第三十五还是第三十六次约我吃饭的时候，我答应了。会记得次数，是因为每次我单身的时候若有人追我，我都会记下来，如果对方诚意不够，一般不会超过七次；能超过三十次的，可能就是真的喜欢你。适当地给真正喜欢你的人留机会，有助于避免孤独终老。但智者千虑必有一失，有些人就算约你一百次，也未必是真的喜欢你。

那天我们吃饭的地方刚好在数码城的对面，我一早就惦记着去买一台新手机，所以就想吃完饭去数码城逛逛。吃饭的时候，那个疯狂追求我的男生跟我表白，说他愿意为我做一切事情，只要我答应做他女朋友。同样的话，前男友也对我说过，他还说我是世界上最美好的人。但是分手的时候，同一张嘴里，把当初说过的动听的话全否定了，什么难听、什么让人心寒，他就说什么。

也不能说遇到的都是“渣男”，只能说一个人在喜欢你的时候，可能真想过为你上天入地。但这份喜欢，就跟苹果手机一样，是有期限的，不管刚上市的时候有多风光，都无法掩盖成为过时品时的凄凉。

说到这里得补充一句，前面提到了很多次苹果手机，真不是给他们打广告，是真的绕不开这一环，谁让男主人公是个卖手机的。我倒真希望他只是个老司机，平时骑着摩托车环游世界，但那只是水面上的他。每个人都在水里，有的人露出水面的部分多一些，有的人少一些，有的人则完全淹没了自己。我最大的梦想是像达摩祖师那样，可以在水面上自由行走。

3

那个疯狂追我的男生跟我表白后，我说：“你也不用做什么，苹果5S刚出，去给我买个手机吧。”也许我这话一说出来，显得我有些物质有些虚荣。但当时我真没想那么多，我就觉得，男人不可靠，总喜欢海誓山盟乱承诺，我跟这个人又不熟，总得试试，就算他真要买，我也会把钱还给他，但是好感度上肯定会加分。

结果我话一出口，那男生脸色就变了，好像我一瞬间变成了他的陌生人。不过出于面子问题，他还是带我去了数码城，去的时候极为不情愿。他越是不情愿，我越是觉得好玩，那时候的我已经理解并接受了男人口是心非这一事实。

在柜台前，我故意选来选去，拿不定主意。后来追我的男生说他去门口抽支烟，我就赶紧付了钱从后门走掉了。

那是我第二次见到老司机，也是第二次从他手里买手机，但时隔近两年，我对他已经完全没印象了。只记得他递给我POS机的时候，意味深长地看了我一眼，但是我当时还以为他是仰慕我的美貌。

再后来就是买苹果6的时候，因为先前买的5S用着不太顺手，买6的时候，我特意要了销售人员的QQ，想着遇到问题好及时咨询。我只是随意找了个个子高看着帅气的人要号码，偏偏就要到了他的。这时候的他，已经从没有铺面只能私下交易的手机卖家，变成有一个大卖场的老板了，但看外表，他和他周围的员工没啥区别，甚至比他们看着更稚嫩。

回来后我添加他QQ号的时候，才发现他已经是我的好友了，查了资料，回忆了半天，我才想起来，我之前在他手里买4S的事情。这也算是缘分了，但也仅此而已，笑笑也就过去了。

苹果6S上市的时候，我又去了那家店，结账的时候，他给我打了个折，回到家登录QQ，就看到了他的留言："难得遇到你这么铁杆的果粉，而且还都是从我这里买，周末有空的话请你吃个饭。"鬼使神差的，可能是相识四年的缘故，也可能是上次那个三十六次的男生太不靠谱，看到留言后，我没有像往常那样关闭对话框等待新留言，而是第一次就答应了。

吃饭的时候，他一直在聊他的爱好，他说他喜欢骑摩托车，感觉摩托车才有座驾的样子，像古时候骑骏马在草原上奔驰。他经常独自骑车远行，去过很多地方，常常是半夜出发，看着一座又一座城市睡去又醒来。他说得非常文艺，一点也不像个卖手机的。

所以在吃完饭他约我一起午夜骑车的时候，我毫不犹豫地答应了。我还从来没有坐过摩托车，更别说午夜飞驰的摩托车了。我们第一次午夜骑行的地方就是黑麋峰，他可能是为了展示他的车技，故意选了个弯道多的地方，还问我怕不怕。虽然心里有点怕，但还是得承认，男生这样的“招数”，还真是蛮管用的，我全程都抓着他的肩膀，简直要把他的上衣抓破了。

到山顶后，他说下山的时候你还是抱着我的腰吧，抓着肩膀太危险了。我拿出手机自拍，边拍边吐槽说手机不行，还是卡西欧自拍神器好，结果他来了句：“小姑娘不需要自拍神器，怎么拍都青春，怎么拍都好看。只有那些人老珠黄的老阿姨才需要神器的辅助。”

和女生相处的时候，男生真的不要说太多话，只要每句话都说在点子上就行了。有时候我觉得他的每句话每个词语都像是一双手，弹在我心间，比世界上任何音乐都好听。

在下山的时候，我就知道，爱情来了。

可能爱上一个人的时候就会想，世界上怎么会有这样的人啊，哪哪都好，我简直配不上人家。一向挺骄傲的我，在爱情到来的第二天，就开始自卑了。我怕自己陷进去无法自拔，怕爱上后再失去了自己会走不出去，于是他再约我骑行的时候，我就回绝了。

直到有一天，闺密说新开了一家海鲜店，生蚝特别好吃，于是带我去吃。结果吃完回来我就病了，上吐下泻，一个人去医院急诊，护士说没有病床了，而且没人给我拿药，我胃痛得直哭。

即便是无坚不摧的战士，一旦病倒了，也会渴望身边有个遮风挡雨的人。我发朋友圈诉苦，十分钟后，他来了，闺密也来了。我们去了另外一家医院，还好，只是急性肠胃炎。

在病床前，他一改过去的高冷，开始絮叨起他刚刚创业时的艰苦。我精神萎靡，也正好把他当收音机了。但我觉得他有点啰唆的时候，我心里是开心的，因为我知道他也爱上我了。人只会在自己信任的人面前啰唆，当然，话痨除外。在他的叙述中，我才想起我们认识的全过程，之前这些存在于我的脑海里，但从未被单独拎出来。

可能爱情最大的功能就是激发人的想象力和创造力，我记不住很多事情，却想得起和他相识的每个细节，想得起我们共同经历过的一切。

说到共同经历，其实屈指可数，除了他骑车载我去爬山，就只有我买买买，他卖卖卖，我们的关系，多数时候，就只是卖家和顾客。即便一起出去玩，他也从来没有主动把我作为女朋友介绍给他的朋友，当然我也不会主动跟他表白。

4

男女之间，最美好的感情，可能就是在捅破那层窗户纸之前的时光。彼此心知肚明，但谁都不说，默默地享受着这种爱着又不用负责不被约束的关系。一旦承认了，新的关系就开始了，而一切关系的结束，都是因为开始了。但如果迟迟不开始，也会让人焦虑。毕竟恋爱中的人，总是患得患失的，我固然擅长等待，固然知道一旦确定了关系，很多事情就不能那么随心所欲了，但我还是期待着，他主动跟我告白。

随着见面次数的增多，我们的关系越来越亲密，很多本该家人参与的事情，他都会带上我。比如开了分店要庆祝，比如需要买一台新车，最后甚至连买什么衣服也要叫上我帮忙参考。

有一天我有点忍不住了就问他："你是不是把我当女朋友了？是，你就得表白吧。"

"我没有把你当女朋友，我把你当老婆。"

“那你也没求婚啊。”

“需要吗？”

“需要啊！”

“我觉得不需要吧，咱们都这么熟了，况且，你肯定会答应的吧。”

“不不不，女生不会觉得不需要的，这是对我的尊重！我可不想不明不白地上了你的贼船。”

“好吧，既然你执意如此，那就恳请你答应做我女朋友吧！”

“好勉强。”

“对不起，亲爱的公主殿下，你能答应做我的女朋友吗？我会保护你一生一世的。”

“假。”

“喂，是你说要我告白的，真告白了你又不答应。”

“好吧，勉强答应你好了，但是你都没准备鲜花戒指啊，也没有用蜡烛点成一颗心，一点都不浪漫。”

“那咱们现在就去补上！”

就是这样，简简单单地就在一起了。可能最后会长久的感情，一开始都非常简单吧。讲出这个故事的时候，我们已经在一起很多年了。未来还有很久很久，我很确定，陪伴在我身边的那个人，一直都会是他。

我 曾 遇 见 你 ，
在 我 的 青 春 里

李九思_作家

1

我对爱情最早的记忆，是关于一本童话书。

记得那时候我还小，妈妈带着我去书店，买了一整套的童话书。精美的包装，带着拼音的标注，第一个故事就是《海的女儿》——是的，就是大家熟知的，最后变成泡沫的那个傻公主的故事。

这样的童话故事，对我这样的小孩子来说，简直是童年阴影。可能就是因为有了这个印象，我总是对爱情有点恐惧。爱情意味着什么呢？伤害？牺牲？谎言？失去？这些，全都包括吧。可好像，又不仅仅限于这些。

出于人类趋利避害的本能，我总是排斥着爱情一类的情感。似乎能流传

千古感人至深的爱情故事都有一个共同特点，那就是男女主角都死得够早，没有留出变心的时间，双方就一命呜呼了。而这样的感情很难引起我的共鸣，我实在是看不出有哪里好。

所以一直过了很久很久，我都不愿意看爱情故事。初中的时候流行看《古惑仔》，男孩子都想当陈浩南，女孩子都想当小结巴。那个时候我的观念有一点点发生变化了，我不再想着找一个王子，而是想着找个浪子，一心想变成大哥的女人。

能够和爱的人浪迹天涯，似乎是件特别酷的事情。青春期叛逆的我，总是想着能够快点“变坏”，快点变得与众不同，快点像一个成年人。可很遗憾，我始终都没能成功“变坏”，我还是循规蹈矩地生活着，没能遇到王子，也没变成大哥的女人。一直到大学毕业，我都是日复一日地单调过活。

直到大学毕业后，日子才变得稍微有些不同。

毕业的季节总是让人伤感。电影里有伤感的情绪出现时似乎必定伴随着大雨阴天，可我毕业那天天气却异常火热，晒得人做什么事都提不起兴致。离别匆匆，每个人都是匆匆地来，匆匆地走。拉杆箱滑轮的声音唱着伤感，曾经亲密的朋友就这样成了彼此青春驿站里的过客。我们笑着说以后常联系，很多人却出了校园后再没见过。

送走了所有人，我是最后一个离开宿舍的。拿着少量的行李，我坐船去了大连，去见小R。

小R是我的一个朋友，准确地说是我的网友。他和我来自同一个城市，和我同龄，和我一起毕业。在这之前，我们两个从来没见过面，甚至连张照片都没有。刚认识的那会儿我们两个都在准备毕业论文答辩，偶尔通宵玩游戏的时候语音一下。除了彼此的性别，我们对对方可以说是一无所知。

就这样，我们两个陌生的人兴致勃勃地开始了毕业旅行。他坐着火车南下，我坐着轮船北上。我在船坞附近的二十四小时便利店等着他，带着无尽的未知和好奇。

这是我第一次见网友，只是兴奋多一些，似乎也没觉得害怕。凌晨的便利店里，都是各种各样的旅人，有和我一样刚刚到站的，也有准备离开的。人很多，说话的却很少。灯光昏暗的大厅里，静得让人安心。

等了半个多小时，小R才背着行李出现。

他和我想象的差不多，长得白净斯文，戴着副黑框的眼镜，个子不是特别高。简单地打过招呼后，我们就毫无障碍地交流起来。

他问我："一切还顺利吗？"

我回答他说："不错。你呢？"

他说："还不错，就是上铺的大哥一直在打呼噜，吵得人睡不着。"

我们两个相视一笑，消除了所有的陌生感。

毕业旅行的第一站是大连，之后我们就没什么计划了。我不是一个有规划的人，小R也比较随性。到了酒店，我们两个简单商量了一下，决定以大连为第一站，一路北上，最后到家。

这真是一个不错的想法，我们两个玩得都比较尽兴，没有压力，没有负担，甚至连毕业的伤感都被驱散了。小R是个很细心体贴的人，一路上他把我照顾得很好，订酒店，找路线，他都处理得清清楚楚；吃什么，用什么，他都安排得妥妥当当。加上他是个很有趣的人，旅行的过程中我丝毫不觉得枯燥和无聊。

离开大连，我们两个去了长白山天池。晚上八点多，我们在延吉下了火车。延吉真是个特别小的城市，把行李放在酒店，我们两个绕了一圈，就又回到了火车站。火车站门口卖茶叶蛋的老婆婆还没走，他买了两个茶叶蛋给我，坐在陌生城市的马路边上，我们两个不顾形象地吃了起来。

北方的城市，即便是夏天也没有太过燥热，到了夜晚还有丝丝的凉意，让人觉得舒爽。路灯照着空荡荡的街道，可能是因为有熟悉的朋友在身边，我并没有在异乡的凄冷感。我又想起了离别的校园，明明才过了几天，恍惚间，却似乎走了好远。

我吃着茶叶蛋，小R突然说："毕业后你想做什么？"

这一路上，他无数次试探着问过我这个问题，我一直想回避，可还是避无可避。我把嘴里的食物咽下，含糊地说："不知道，没想过，可能去北京吧！"

他没有看我，只是说："我们寝室也有去北京的……为什么不留在家里呢？去北京有什么好？"

我毫不在意地笑笑，说："北京当然好了啊，那里是首都嘛，国际化大都市，我们还年轻，总要到处走走看看。留在家里太安逸了，不见得是好事儿。"

小R弯腰把我们掉在地上的垃圾捡起来，这次他没有笑，也没有说话。像是以往的很多对话一样，这次闲聊的内容我们谁也没放在心上。我们继续嘻嘻哈哈地玩笑着，在陌生的城市里走走停停。玩了将近半个月的时间，我们两个才回家。

小R的工作早就安排好，回家后没多久他就开始上班。因为工作的原因，他经常出差，而且一出差就要好久。他总会在不经意的时候和我说："你看，这个好吃吧？这个好玩吧？北京不一定有呢！留在家里，也是蛮好的吧？"

我不喜欢小R这个样子，每次听到他这么说，我都觉得特别难过。他总是漫不经心地说出这些话，可转头看向别处的时候又有一种说不出的落寞，像是一个渴望得到肯定的孩子，却希望落空。

一想到离家，我也非常不舍；可对于未知的渴望和好奇，我同样无法放下。就像当初我决定和小R见面，这种渴望和好奇，我实在难以割舍。在种种情绪的相互博弈下，我还是离开了家。毕业那年的八月，我给自己买了一张去北京的火车票，正式成为北漂的一员。临走前，小R发短信给我：“什么时候回来告诉我，我去接你。”

“好。”我这么回答他。

2

北漂，说起来心酸，可其实还是挺有趣的。虽然不像在家里那么清闲，但是每天都过得很新奇。我见识到了很多新鲜的事物，认识了很多怀揣着各种各样理想的人。我找了一份销售的工作，与朋友合租一个三居室。

我这个人懒散惯了，始终很难认认真真地去做什么事儿。工作的时间比较宽松，我经常拉着同事小D和小F翘班。藏在我租的三居室里，我们吃吃喝喝玩玩闹闹，日子过得虽清苦，却很开心。

小D是一个胖胖的女孩子，白白净净，笑起来特别和善。她和我一样，大学毕业就从老家出来了。不过和我不同的是，她的家庭问题稍微复杂。在她很小的时候，她爸妈就离婚并且各自重新组建了家庭。她无处可回，总是一个人到处飘荡，从一个城市到另一个城市，没有人关心，也没有人在乎。

有一次我们聚餐时，小D和我说："你知道吗，我其实特别想回家。"

"既然这样，那为什么不回去呢？"我问。

小D的眼里满是迷茫："可是我能回哪儿去呢？哪里是我的家呢？"

我突然想不明白，人和人之间的关系到底要靠什么维系？如果亲情都不能成为维系关系的纽带，那么，还有什么可以？这个世界上有许多的情感让我感到困惑，但亲情绝对不是其中之一。可是这一次，我却被反问得哑口无言。那天小D喝醉了，最后是我和小F背她回的家。一路上她嘴里唱着莫名其妙的曲调，听起来像是童谣。

小F是典型的南方小男人，讲普通话时带着搞笑的口音，多数时候比较严肃，不苟言笑。虽然他是我们这些人中年纪最小的，可他总有一种少年老成的派头，很有耐心和责任心，我们出租屋里坏掉的灯泡都是他来帮忙换的，风雨无阻，从不推托。和我们这种苦哈哈的北漂不一样，小F是标准的富二代，含着金钥匙长大的。父母老年得子，对他宝贝得不行。这次他来北京，可以说是逃来的——不顾父母的反对，独自一个人背着行囊。

小F上大学的时候交了个女朋友，毕业后他来了北京，女朋友回了老家。我们在一起玩闹的时候，他总开玩笑说自己是到处流浪的三毛，浑身上下哪儿都疼，就是没人疼。我和小D笑他是少爷病，没事儿就喜欢矫情，明明家里有个貌美如花的小娇妻在等着，他却非要没事儿找罪受。

说起他的女朋友，小F就挺感慨的，挺好的一个姑娘，就这样分开了。我和小D对他的感慨不理解，总是问，既然那么不舍得，为什么要分开？两个人一起来北京不就好了。

“你们不懂啊！”小F又拿出他少年老成的架势对我们说教，“我想要闯荡，而她想要安定。我们追求的东西已经不一样了，再在一起不合适了。”那一刻，我想起了和我一起毕业旅行的小R。

在我来北京之后，小R找过我几次，没有打电话，只是简单地在线上联系。还是和以前那样，说说生活，讲讲笑话，不会触及太深刻的话题，或者说，我们都不敢去触及，怕想家，也怕想彼此。

某天晚上我在公司开会的时候，小R突然和我说：“我接你回来吧。”我没明白他的意思，他又说了一遍：“我接你回来吧，从北京接你回来。”

那一瞬间我忽然明白了什么，这种太过清晰的感觉让我害怕，也让我恐慌。出于本能，我第一反应就是跑，跑得远远的。

我没有直接回答小R，只是说："我在开会呢，别胡闹了。"

平时我和小R闲聊，两个人都是胡说八道没什么正经的；现在开始聊正经的问题，我却手忙脚乱了。只是一瞬间，我想了无数的可能，可这无数的可能，没有一个是我要的结局。而只是那一瞬间，我和小R之间的结局就已经注定。他不再继续追问我什么时候回来，也不再问我未来的一些事情，他发了一个大大的笑脸，对我说："好，那你忙吧。"

这是他对我说的最后一句话，从此之后，他再没上过线。

可能这就是小F感慨的那种无奈吧！这一生中，我们会遇到很多的人，有自己爱的，有自己不爱的，有自己舍得的，也有自己不舍的。总有一些人会和我们同路走一段，却因为各种各样的原因分开。我们一起分享生命中的某段时光，相聚，离别，然后再无交集，转身投入另外一个人的人生去。

忘了在哪里了，我曾经看过这么一句话："在我们的一生中，遇到爱，遇到性，都不稀罕，稀罕的是遇到了解。"可现在看来，遇到了解，也并不是万能的。无法走到一起的人，是注定要分开的。

3

半年之后，我离开了北京。

我来北京的时候还是初秋，离开的时候已经是深冬了。一起合租的朋友先回了老家，我处理完退租的事情也准备离开。临行之前小D请我和小F吃饭，毫无意外，我们三个全喝多了。凌晨两点多，我们三个在北京的大街上到处闲逛。在这个完全不属于我的城市，我却因为离别感到伤感。

在我住的小区楼下，我们一圈又一圈地跑着。以前我们三个做销售达不到业绩，就被领导罚跑圈；而现在我要离开了，我们三个再次沿着旧路跑了起来。

小D累得气喘吁吁，她笑着问："以后我们会变成什么样子？"

我们两个没有人能回答她这个问题。以后的事情，又有谁知道呢？

"没有你们两个，以后我会寂寞吧！"小D站在天桥上，对着入夜的北京大声地呼喊着，"朋友走了，我是真的觉得很寂寞啊！"小D喊着喊着，自己就哭了出来。

因为小D醉得太厉害，第二天早上只有小F送我离开。他请了半天的假，帮我扛着行李，把我送上车。我开着他的玩笑："F总是马上要当大老板的人了，这种小工的活儿哪适合你啊，我自己来就行了。"

小F推推眼镜，他笑得含蓄又严肃，说：“什么总不总的，你刚来北京的时候不会骑电动车，也是我每天带着你上下班的啊！我在你这儿，不一直做小工的活儿吗？”

我这个人自理能力特别差劲，刚来北京的时候什么事情都不会做。当了销售之后，我和小D、小F分到一个组，很多生活上的事儿都是他们在帮我。上下班有二十分钟的车程，都是小F骑电动车带着我；我不会用洗衣机，是小D赶来帮我……我们曾经是那么亲近的朋友，却还是要分开了。

小F离开后，我自己坐着地铁在偌大的北京城里穿梭。冬日天亮得比较晚，外面还是灰蒙蒙的一片。车灯将街道照得五彩斑斓，地铁呼啸而过，不知道穿过了多少人的梦。

成长，是个注定孤独的旅程。不管是多么亲密的人，也注定很难彼此了解。人就是这样的生物，生而孤独，无论靠得多近，都无法融为一体。可在以后漫长的时光里，只要想起他们，想到曾经有过的欢笑，我想我都会觉得无比温暖吧？

4

我回到了自己居住的城市，可是我再没有见过小R。我也曾再回到北京去，可是我也再没有见过小D和小F。

很多很多离散的人们，一分开，就是永远。我们甚至都不知道哪次说再见后就是终结，可离别就这样悄无声息地发生了。岁月如歌，唱着唱着就变了腔调。很多的记忆，都慢慢变了颜色。可那些对于成长的感悟，我却记忆如初。

我始终感谢着你，你们。感谢遇见你，在我的青春里。

我 来 过 你 的 城 市

刘采采_作家

1

“秦诚。”

你微笑着看我：“陆陆你说。”

我故作自然：“我要回去了。”

“这么快？”你沉默片刻，然后微笑着看我，“再多待几天吧，我……”你停顿一秒，接着说，“我们带你去峨眉山、青城山走走，到四川哪能不去这两个地方。”你说得冠冕堂皇理直气壮。我笑着说了声谢谢，然后摇了摇头。你哪里知道，于我而言，即便是将整个四川的山水都放到面前来，也不及你，和你所在的这座城。

见挽留不住，你也放弃了：“什么时候走？”

“明天一早。”

你眼睛看向别处，久久不语。我低头揉了揉手指，那上面有你亲手贴的创可贴，两天了，有些旧，我没舍得换。

你说：“我送你。”我点了点头。

飞机在夜里十一点，准时飞往北京。我在关机前，给你发了一条微信：“再见。”但我知道，有的人一旦说了再见，也许此生就再也不会见了。

秦诚，我很难过，在去机场的路上，从车窗外撞过来的风，将我的眼睛吹得很痛，痛得忍耐不住了，就落了泪，竟然一路也没能看清楚你所说过的深藏功与名的王都故地牧马山。

也许你永远也不会知道，我曾多么地爱你。与你相见的那一眼，思绪已飞越万水千山。我有我的矜持，你有你的风度，可你不会知道，每时每刻，那个矜持寡言的我，其实都在想着你。若是你沉默不语，稍有怠慢，我便觉得天地黯然，生无可恋。

我原来以为，我们之间的距离不过是一千八百八十一公里。后来才发现，还是应了那句话，所爱隔了高山大海，而山海，却不能平。

2

盛夏的北京，天气就像抽风了一般，夜以继日地释放着狂暴的热烈。整日里哀号着“是空调给了我这条命”，从来没想过，原本风轻云淡平铺直叙的人生，会因为一个男人的出现，而落下这样浓墨重彩的一笔。

与千万个幸福爱情故事的开始所不同的是，我跟你的相遇一点也不浪漫，这大概也预示了我们的结局。

那天是话剧《司马迁》的首演，托朋友的福，我拿了张票，因为有“心上人”参演，所以一早就心急火燎地赶了过去，然而不幸，也在这一早。捏着门票横冲直撞的我，完全没有意识到，跟前会突然矗立一堵墙——人墙。撞击的瞬间，戏票跌落。所谓无巧不成书，也就是这个时候，突然来了一阵妖风，又将它卷到了北京人民艺术剧院门口的大马路上。我刚想迈出脚步，冲上去捡回它，却见一辆黑色轿车自眼前飞奔而过。

于是，我只能眼巴巴地看着它，被车轮无情地带走。孤苦伶仃的我，此时此刻已然绝望，宛如五雷轰顶般，目瞪口呆地立在原地，不知所措。

肇事的人墙动了动，小心翼翼的问候在耳畔响起：“你，你没事吧？”

我暴跳如雷：“你说呢！”

这是我少有的一次震怒，只因为很想去看俊美无双的余少群。而你，弄丢了我的门票。

“不好意思啊姑娘，我刚买了驴肉火烧出来，没想到你跑得那么快……”

“你的意思是怪我咯？”

“没有没有，完全没有那个意思。这样吧，要不，我请你吃饭当作赔罪好不好！”

“你想得美！”

说完这一句，我抬起头来，看见了你，霎时间，竟然觉得天地无声，心底有个角落，“咯噔”一声，仿佛有什么东西裂开了，紧接着是一股暖流，突突涌出，蔓延了整个心房。

我转而欣然一笑：“好啊。”

我承认，我是被你的色相所迷惑了。眼前的你，高瘦清癯，清风俊逸，端端一副淑人君子的模样，一双温润的眼睛里，像是盛满了盈盈春水，同我心心念念的余少群不分伯仲。不知道其他的姑娘见着你是个什么感受，但是我，已然倾倒。

有时候爱情，总是会在不经意的情况下叩击心门，叫人猝不及防，智商降为零。一顿火锅加一场电影结束以后，我居然舍不得与你分离。你健谈、开朗、风趣幽默，就像灿烂的阳光，将我无趣的世界照亮。

我们走在马路上，我挨着你，心中盘算着的是要如何才能握住你插在裤袋里的手；而你，并不知道我的小心思。

空气里是北京城特有的干热气息，你笑着说："这地方干热，同我们那里实在是相差太大了。"你的普通话带着一点点的外地口音，但还算是标准。

我笑问："你们那里，到底是哪里呀？"

"四川，去过吗？"

"没去过。"我摇了摇头，"听说蜀地多美女，好吃的也是大把大把的。"

"哈哈，天下人对四川的认知，大抵都是这样。人说'少不入川，老不离蜀'，你能懂这句话的意思吗？"

"知道呀，四川好呗。"我瞪着你，"那你还来北京干吗？"

"大概是为了遇见你吧。"

我的心脏顿时飞速跳动，脚步顿住了，傻傻地看着你。你有一瞬间的尴尬，继而哈哈大笑着揽住我的肩，说："看来北方大妞也不禁撩啊！"

我羞愧不已，挣脱你的束缚，恶狠狠地说："老子是江苏人在北京。"

可实际上，你是哪里人，我是哪里人，又有什么关系呢？我们在北京相遇，一见如故，短短的几个小时，仿佛已对彼此十分熟悉，就好像是久别重逢的老朋友那样。

"可惜明天就要回去了，不然真想跟你多待两天。"

我微微一怔，脑海里却迅速想出了一个万全之策，脱口而出："没关系，你家住在哪里？我可以去找你呀！"

你棱角分明的脸上漾开一朵笑容，点头笑道："来啊！水城欢迎你！"

3

水城，这是你的家乡，它还有一个用了1460年的名字：新津。你颇为自豪地告诉我，自己的家乡物华天宝，人杰地灵，不仅历史悠久，在青山绿水之间，还孕育出了许多英雄人物，是个钟灵毓秀的好地方。我不以为意，谁不说自己的家乡好呢。

“新津这两个字念起来就颇为拗口。”我扬扬得意地说，“你再念念我们大苏州，啧啧，多么顺耳，多么诗情画意。”

你笑了笑，并不同我争个胜负：“都是好地方。”

我未在口头上败给你，却将你家乡的名字同自己的家乡并列，牢牢记在心里。只因为你。

人是很奇怪的生物，拥有一种特异功能，叫作“情感”。当你喜欢上一个人，很有可能连带着他所在的城市，他的家乡、朋友、亲人也一并喜欢了去。所谓“爱屋及乌”，当真是件叫人匪夷所思的事。

秦诚啊，你知道吗，假如没有遇见你，我恐怕一辈子都不会在网上去搜“新津”这两个字；也不会在明知道你与我之间不可能会有交集的情况下，还千里迢迢地来到你的城市，只为见一见你。

有些相遇，说起来叫人无法抗拒，却又莫可奈何。

在你离开北京后的第一百天，我看到了你在朋友圈发出来的合影，有你和你的孩子，还有妻子。你们骑着三人自行车，在一条红色小石粒铺砌的道路上，笑得幸福灿烂；道路两旁是五颜六色的格桑花，阳光落在花瓣上，映衬着的蓝天碧玉一样。就这样一幅连野草也洋溢着甜蜜气息的照片，却生生地刺痛了我的眼睛。

我在那条动态下，点了一个赞，眼眶开始发热，心里像是被什么堵住了，压得好疼，就连呼吸也有些困难。在此之前，我们每天都在关注彼此的动态，每天都在联络，即便是毫无意义的只言片语，也能叫我满心欢喜。我喜欢你，尽管我从未提起过，但我以为你应该是知道的。我在等待，等待你主动提起的那一天。只是没想到，这个可能性，被扼杀得如此彻底。

那天晚上，我还是没能忍住，发了信息问："你结婚了呀？"

久久没有收到你的回复。这等待的一分一秒，都是煎熬。我想象着你此时此刻可能在做的事情，会不会在同妻子散步？会不会在教孩子认字？又或者一家三口，其乐融融？而千里之外的我，却形单影只，像个傻子一样，思念着一个不属于自己的人。

手机屏幕一次次被我按亮，又一次次暗下去；我盯着你的名字，一次次满怀希望，又一次次瞬间失望。

终于，你回复了我："对啊，你不知道吗？"

呵呵！我的感受只能是这样。我能指责你从未告诉过我吗？不能。因为即便是现在，我知道了你已婚的身份，却依然不能割舍对你的思念。

可不愿意失去爱你权利的我，还有理智与骄傲，更不想成为道德的罪人。

4

决定到你所在的城市看看，也是决心放弃的时候。自从知道你有了人生伴侣之后，两百多个日夜，我居然都没能缓过来。有一种爱情十分可笑，原本应该是两个人的事情，却只有一个人在参与。

看过那么多爱情小说，早就深刻地了解到，能将深陷苦情沼泽的人救起来的，只有自己。去你的城市看一看，走进我无数次幻想过的梦境里，说不定，就能祭奠自己曾经可笑的一片痴心。

抵达四川的那天夜里，突然下起了绵绵细雨。我拖着旅行箱走出来，一眼便见着了人群中的你。三百多个日夜没见，你依然如故。作为我在四川唯一的朋友，你理所应当地承担起了接送任务并承诺“三陪”。

我笑问：“陪吃陪喝陪睡？”

你回道：“只要你不介意。”

“我当然不介意，就怕会影响你的家庭。”然而这句话却隐藏于笑容里，我并未讲出口，只是静静看你。你开着车，侧脸的线条仿佛镌刻出来一般，刚毅有型。我很感慨，如果我们不曾相遇的话，是不是我就不会如现在这般无奈又痛苦？

“对了，”我从包里拿出一个小盒子，递到你跟前，“这是给孩子准备的礼物。”

你看了一眼，说声谢谢，继续开车。

“我嫂子呢，她知道我来了吗？”

“知道。不过她最近在外地出差，叫我代她问候你。”

“噢。”

不知道是不是心理作用，我感觉车厢内的气氛竟然有些紧张。车载唱机里放着一首老歌，歌名不知道叫什么，但歌词却是印象深刻：“如果失去是苦，你还怕不怕付出？如果坠落是苦，你还要不要幸福？如果迷乱是苦，该开始还是结束？如果追求是苦，这是坚强还是执迷不悟？”听着听着，如鲠在喉，我侧过脸去，不愿意你看见我的眼睛。其实情感从来不动人，动人的是听歌人自己的故事。

“你来出差的？”

“是啊。”我假装自然地看了看手表，然后说，“我提早来了两天，过几天直接去成都，公司那边有个项目，就开个会。”

“那这两天想去哪里玩？有没有特别想去的地方？我带你。”

“先去水城拜会一下诸位仙长，我对天社山和修觉山可好奇了，专程为它们而来，还有宝墩遗址，观音寺的壁画，纯阳观的那个什么来着？”

你看了看我，脸上露出两个深深的酒窝。

5

如果把这一次的追爱之行，打上出差和旅行的幌子，自尊心会不会就好受一些？一个姑娘家，对萍水相逢的异乡人，心心念念地记了三百来个日日夜夜，倘若是叫旁人听说了去，怕是脸面上很难挂得住。但倘若是说，被水城新津的山水所征服，非要前来见它一见，便是谁都不会尴尬了。

刚到你的家乡，你便将我安排在一家书画院里住了下来。我有些诧异，怎么会有人在书画院里设立居所。你说这间书画院还有个名字，叫文博玉庭苑，顾名思义，就是文聚八方人才，博览天下群书的意思。我略有感慨，真真是风雅至极。

书画院紧紧挨靠着蜀山圣地天社山，老板姓黄，是个谈吐不凡的居士，叫人一见便心生敬意。他是你的朋友，乍一见我，便说：“听秦老弟多次提到邢姑娘，今日一见，果然名不虚传，江南女子温柔婉约的内敛气质，在姑娘身上体现得淋漓尽致。”

我脸一红，不晓得该如何作答，这般文绉绉的对话，也是我素日里不曾对付过的。你笑着同老板摇了摇头，说：“陆陆来出差的，顺便到水城参观旅游，黄哥替我多照顾一些，让厨房给她做些招牌美食，你再跟她讲讲字画茶道什么的。”

“没问题。”

我忙不迭作少女期待状。

吃过饭，天色尚早，你提出带我逛逛水城的夜景，明天一早，再去天社山。为了做个好的导游，你将我停留在新津的这三天，安排得满满当当。我点了点头，只要和你在一起，其实去哪里都是一样的。

你说，你的家乡是整个四川占地面积最小的城市，但却精致，美轮美奂。你的话，我自然是信的。

夏季的风，轻轻拍在我的脸上，顿时觉得油腻腻的一片。这个地方和苏州一样，湿热为主，与大北京直辣辣的热确实有很大的区别。我捻了捻头发，和你一道漫步在人潮涌动的绿道上，你告诉我，像这样绕着河流修葺而成的绿色小路，在这座城市还盘桓着很多条。

“我们为什么叫水城，因为有五条河流在此交汇，穿城而过。”

“所以这里的人才都长得那么好看？”我笑盈盈地看着你。你也笑，却又不好意思地摇了摇头。

我们踩着脚下精心铺砌的石子路，聊着分别后这一年各自的生活际遇，就像多年的老朋友那样，为彼此的喜怒哀乐而悲欢。

也不知道走了多久，直到我被道路旁边的野花吸引，才驻足。在我弯腰欣赏的时候，眼角的余光仿佛看见了群星闪烁。我回头，身后的城市已然遥远，墨蓝色的夜空下，闪烁起了万家灯火，倒影落在那条被叫作南河的水面上，仿佛是镶嵌了数不清奇珍异宝的墨带，又像是缀满了星辰的银河。最为奇妙的点睛之笔是在这群星璀璨的大河之上，一座点缀了五颜六色彩灯的大桥，横跨城市与高山的两端，让繁华与清幽，两两相通。

我被这美景所震撼，情不自禁低呼出声。

你似乎也有一瞬间的恍惚，接着轻声说："那是彩虹桥。我们这里每一对陷入爱河的情侣，都要从那座桥上走过去，接受青山绿水的祝福。你看，它是不是名副其实的就像一道彩虹？"

我抬头看你，没有回答。有句话，埋在心底，没敢说出口。却听见你提议："要不，我带你感受一下？"

我粲然一笑："好啊！"

6

第二天，你陪我逛天社山，带我吃当地河鱼，访宝墩遗址。当天晚上，你的妻子出差回来了，我们也结束了两个人的行程。

她是一个俊秀灵动的姑娘，豁达大气，爽朗风趣，同她相比，我竟然显得有些小家子气。你告诉我，水城虽然以水闻名，但养出来的姑娘，却个个英气勃勃。我心中尽管百感交集，五味杂陈，却还是做了个称职的客人，接受你们夫妻两个呼朋唤友前来接待的盛情。虽然，你的那些朋友，我一个也没记住名字，但他们的热情，却深深地打动过我。

这个在地图上可能都寻不到的地方，山不高却堆绿叠翠，水不深却蕴秀吐雅，五河汇聚，江河如带，所以才养育出了你儒雅的气质，以及她的风姿。我很喜欢这里，但是我知道，我不属于这里，这里，也不属于我。因为有你，因为有她。

不告而别，是我拯救自己的唯一方式，请你，千万要谅解。

第二天夜里，拎了行李从书画院的房间里出来，便遇见了捏着珠子立在门廊下的黄哥。他看着我手中的行李，一脸洞悉真相的表情。他动了动手中的珠子，问："几点的飞机？"我怕他告诉你，并没有回答。

他点了点头，然后寻来了司机，帮我将行李放入车内。

“不准备告诉秦诚？”

“嗯，等我上飞机之前，再告诉他吧。”

“小姑娘挺有勇气的，只不过，造化弄人。”他替我开了车门，“一路平安，欢迎下次再来。”

“谢谢黄哥，我会记得你。”

他笑笑，同我挥了挥手。

在去机场的路上，车载唱机里，播放着一首特别耳熟的歌曲：

“如果分离是苦，你要把苦向谁诉？如果承诺是苦，真情要不要流露？如果痴心是苦，难道爱本是错误？如果相爱是苦，这世上的真情它在何处？好多事情总是后来才看清楚，然而我已经找不到来时的路。好多事情当时一点也不觉得苦，就算是苦我想我也不会在乎。”

我擦干眼泪，哽咽着问：“司机大哥，这首歌，叫什么啊？”

一直沉默的司机大哥轻声说：“《爱似流星》。”

秦诚，这是否也代表了你和我之间的爱情？假如，这一出独角戏也能被称为爱情的话，那么我，一点也不后悔……

逃 离 少 年 时

王天宁_青春光线签约作家

1

美丽的唐妈妈用婴儿车将唐秦推到院中时，我们的妈妈就会带着我们作鸟兽散。谁都不敢挨他们太近，毕竟在长相漂亮的唐家母子面前，我们被反衬得黯然失色。

打从生下来，唐秦就特别好看。虽然唐爸爸像大多数中年男人一样，只是一个看上去脾气很好的胖子，但唐妈妈截然不同。她来自新疆，皮肤白得映出光影，鼻梁高得飞起，眼球深蓝如浩渺大海。唐秦长相随唐妈妈，一种容纳天地万物的美。

妈妈们虽然不明说，但是我们都知道，她们希望拥有唐妈妈的容颜，希望我们变得像唐秦一样招人喜欢。

我们和唐家，是低头不见抬头见的街坊邻居。那时，唐妈妈刚来本地，语言不通，没有工作，每天最要紧的事儿，就是在日暮西垂时带唐秦出现在院子里，在院门口目不转睛地眺望远方，等待那个摇摇晃晃的肥胖身影出现。

转眼我们到了上小学的年纪，那时唐妈妈也终于有了工作，在大院前头支了一个简易摊子，主营葡萄干，兼带核桃、花生等干果。干果摊既能增加唐家的收入，也让唐妈妈在等待唐爸归来的时间中有事可做。

2

唐秦学得很艰难，连汉语拼音都认得很慢。老师让我们五六个同一个大院的孩子和唐秦结成互助小组，每晚轮流去他家写作业，帮他学习。唐妈妈对我们非常热情，干果在书桌上堆成小山。有时遇上喝得昏头昏脑的唐爸爸，他会兴奋地在我们脸上“吧唧”一口，还把冒油的烧烤分给我们吃。

然而明明是共同学习的互助小组，怎么第二天上交作业时，我们和唐秦的作业本上，都是空白多于文字？老师下了最后通牒，再这样堕落，互助小组就解散。于是我留了心眼儿，当晚终于发现问题所在。原来，每当学习过半，唐秦都会神秘地拉开那只百宝箱般的抽屉，里面藏着各种出乎意料的新奇玩意儿，有时是两只甜得发齁的红果，有时是一支让黑夜变得有趣的激光笔。我们不知不觉被吸引，时间在玩乐中飞逝，作业也抛到九霄云外。

“这样可不行！”我当即严词苛责，命令唐秦收起这些玩意儿。当晚，我们终于完成全部作业，唐秦对我说话的口气却变得很冷硬。

我嘱咐大院的同学，要加强对唐秦的督导。不久，我们和唐秦的作业质量均有提高。我不知他们在一起学习时是怎样的，至少，在我眼前，唐秦那只百宝箱般神奇的抽屉再没拉开过。

我也因此荣升小队长，后来又成为副班长，同时兼任大院学习小组负责人，自觉前途一片坦荡。但大院的几个同学，明里受我领导，因为我背后有老师撑腰；暗地里，他们听唐秦指挥。唐秦日渐显示出非凡的领导能力，善于用新奇玩意儿拉拢人心的能力也是早有表现。可惜，自从我蔑视了唐秦的百宝箱，他便有意疏远我。

一个雷雨交加的夜晚，印象中那是我最后一次和唐秦一起写作业。闷雷滚过，大雨如注，唐秦的卧室如一叶在大海上飘摇的扁舟。冷不丁，客厅传来尖锐的摔打声，唐爸爸粗声大气地喊着，唐妈妈昏天暗地地哭起来。

“怎么啦？”我吓得手一抖，钢笔在作业本上划出长长一道。

“别管他们，他们这样已经很久了，以前还背着你们，现在……”唐秦满不在乎，闪电把他的脸照得像墙壁一样白。

我拼命让自己集中注意力，争吵声渐渐停止，我的心脏却一直在狂跳。

从那晚开始，唐秦的家也变了。

3

唐妈妈不告而别，除了几十斤干果，什么都没带走。

流言四起，原来这些年，唐爸爸压根没有正经工作，每天撺掇一帮狐朋狗友搓麻将，打完牌，几个人勾肩搭背找个啤酒摊喝个烂醉。近一年，唐爸爸的手气越来越糟，唐妈妈卖干果攒的钱如流水般哗哗淌走。他们经常为此争吵，唐爸爸有时急了会动手，唐妈妈不堪忍受，最终选择报警。唐爸爸进局子蹲了好几天，回家后一场“世界大战”，打得妻离子散。

随着唐妈妈离家，唐家父子也似人间蒸发，唐秦的座位空了好久。

两周后，唐秦终于又出现了，只是他变得话很少，不再爱笑。傍晚布满夕阳余晖的路上再也没有唐爸爸晃晃荡荡的身影，失去唐妈妈的经济资助，他终于金盆洗手。我们本以为唐爸爸会重操唐妈妈的旧业，谁料，他竟戴上圆圆的墨镜，穿起厚底黑布鞋，成为走街串巷的算命先生。

唐爸爸算命就像打游击战，一个小时换一个地方，绕着附近走一遭，收摊前最后一站是我们学校，随后接唐秦回家。唐爸爸好像真有两下子，别人的学习、事业、爱情，竟能算出七七八八。算命工作开张不久，唐爸爸便遇到令他声名鹊起的一卦。

当时，选秀节目方兴未艾，一档热门的歌唱节目进行到白热化状态，我们学校几个六年级女生支持的选手落了下风，她们请唐爸爸算了一卦。唐爸爸闭眼幽幽道："此人为冠军之命。"几个女生欢天喜地。不久决赛结束，那选手果然拔得头筹。唐爸爸的"神机妙算"之名不胫而走，大家排着队请唐大师算卦。

那段时间，唐爸爸忙得脚打后脑勺，唐秦的零花钱明显增多。他常常仗义地请我们吃零食，在同学们心中的地位陡然提高，已然不再是当年那个被五六个小老师教导的小弟弟。

不晓得谁传言，唐秦受到唐爸爸真传，也会算命。因此时不时会有外班同学在我们教室外晃悠，无非想通过唐秦知道下回考试能不能进全班前十等事。

唐秦来卦必算，用手指划拉着对方的掌纹，向天仰头，翻着白眼，念念叨叨，总能得出令对方欣喜的答案。但唐秦也不做慈善，小手一挥，一卦十块，绝不议价。很快，唐秦成为我们中间当之无愧的小富人。

那天下午，我们几个簇拥着唐秦去学校小超市采购。刚拎着一大袋零食走出来，超市两旁的冬青丛后蹿出好几个身影，一水儿高年级男生，为首的差点把一封信拍在唐秦脸上。

“姓唐的，你骗人！”

“我怎么骗你了？”唐秦不慌不忙拆开一包辣条。

“我喜欢前排的女生，你算我命里有她，结果我费了半天劲写的情书，她看都不看就扔到一边。我不仅花钱还丢脸，你说，这笔账是不是应该算在你头上？”

正当我为唐秦捏一把汗时，他不紧不慢咬了一口辣条：“我问你，上次考试你多少名？”

那男生嗫嚅道：“三……四十五名……”

“倒数第五啊大哥，哪个女生喜欢学习这么差的人！上次你只让我算你的爱情运，没算你的学业运。你的学业运太差，把爱情运干扰了呗！”

“那，我该怎么办？”

“再交十块钱。”

酬金到手，唐秦又狠狠啃了一口辣条：“好好学习，天天向上，下回考进全班前十，那女生肯定会用正眼瞧你。”

男生露出恍然大悟的神色，随即又显得疑惑，喃喃道：“这需要你说啊……你是不是在耍我！”男生作势抢钱，被唐秦灵巧躲开。几个大院的男生商量好一般站在唐秦两旁，如同左右护法。唐秦不卑不亢地说：“你可以认定我坑你，但你的命就是这样。如果你非要打架，来吧，我不怕你。我是开过天眼的，你不怕遭天谴，尽管来！”

“遭天谴”三个字让几个男生迟疑了，踌躇再三，选择离开。

夕阳西下，收摊的唐爸爸来接唐秦。唐秦注视唐爸爸的目光带着陌生，他依然在怨恨着唐爸爸。父子俩一前一后，走得别别扭扭。

我远远地凝视着唐秦的背影。虽然，相比几年前，他没有长高多少，面貌也没有改变多少，但不知为何，他的一颦一笑、举手投足，哪怕和唐爸爸闹别扭的状态，已全然不是小孩子的模样，依稀有了少年的影子。

4

整个小学，唐秦对学习以外的事都很上心，他带领男生们跟女生作对，带领男生们上树摸鸟蛋，带领男生们如龙卷风般席卷超市。他在男生心中的地位比班长还高，我更加望尘莫及。我对唐秦的感情也很奇特，我既畏惧他，又尊敬他，同时隐隐地希望像他那样无拘无束地活着。

学校组织毕业班排演了一出话剧，剧中需要一个金发碧眼的西洋劫匪角色。选角时，几个男生戴着假发套轮番耍宝，最后都被刷下。我刚举起手想上台一试，男生们商量好一般，齐声呼喊同一个名字："唐秦！唐秦！"

唐秦笑容满面走上讲台，谦虚地向我们挥手。我的心一下子凉了，他这模样，这气质，只要不开口说话，活脱脱就是一个外国小伙儿。结果不出所料，被我觊觎已久的角色落入他手。

接连几场彩排，每一场都很顺利。唐秦鼓励演员们，模仿唐爸爸的样子，摇头晃脑道："此乃夺冠之剧。"演员们哈哈大笑，兴奋得眼睛发亮。

正式演出时，唐秦登场，手举长枪，还没喊话，台下的议论声猛然抬高八度："你说，那是中国人还是外国人？"

演出面向全校，低年级的学生没见过唐秦，都对他充满好奇。唐秦一开始试图摒除杂音，可是枪响后，他直勾勾望着台下，忘了做动作。

议论声沸反盈天。

"停下，音乐停！"唐秦忽然做出手势，伴奏戛然而止。台下的指导老师惊慌失措，向唐秦用力挥手，他视而不见。唐秦深深吸了一口气，“大家好，我叫唐秦。看得出来，大家对我的外表很好奇。我想告诉大家，我的妈妈是新疆人，爸爸是本地人。和大家一样，我生来是彻头彻尾的中国人，并且我深感自豪。我们快离开学校了，这是最后一次为大家表演的机会，请尊重我们，尊重我们的劳动。”

唐秦面向观众席深鞠一躬，恰好音乐轰然作响，如同为唐秦助威。

“唐秦，有种！”身边的男生喃喃道。而后，全班男生几乎同时站起，挥舞拳头，大声喊着：“唐秦！唐秦！”不明所以但是爱凑热闹的低年级学生也加入这呐喊的浪潮。

唐秦再鞠一躬，背光在他身后亮起，他真的成了发光体。

我也情不自禁地跟着呐喊。唐秦身上，投射着我所有的羡慕、憧憬，明知难以抵达，哪怕遥远地张望也使我感到幸福。唐秦已先我一步长大了，我希望，大出风头的唐秦就是我未来的样子。

5

初中我们和唐秦依然在一所学校。

唐秦不仅顺利通过小升初的考试，模样也出落得越发扎眼。一个暑假，他个头猛蹿，头发长成波浪卷，唇上冒出一层代表成熟睿智的绒毛。免不了有情窦初开的女生向唐秦暗送秋波，天知道，为何唐秦对那些可爱的红花嫩叶没有丝毫兴趣，反而对一个绰号“黑蜘蛛”的初三女生情有独钟。

那姑娘是体育生，个头比一般男生都高，体格健壮，跑起步来地面都颤抖。她的眉眼其实挺好看，可惜皮肤被太阳晒得如黑炭，又总是张牙舞爪。

唐秦一向胆大，可面对这个黑姑娘，竟胆怯了，只敢在每天下午放学后，在我们的陪同下来到运动场，远远眺望那个风驰电掣的身影。

那天下午，夕阳灿烂如火。我们簇拥着唐秦来到运动场，他很紧张，手心汗津津的，忽然喃喃自语：“其实，我爸爸鼓励我追求她。他说，只要我喜欢，就去大胆争取，人的感情是不可能抑制的。当年，如果不是他大胆追求我妈妈，我就不会来到世上了。我觉得，我长大了，可以自己做主了。”

“黑蜘蛛”迈着长腿向我们跑来，他将她拦下。她格外豪爽地甩着满头汗珠，粗声大气问道：“咋啦？”

“你好，我叫唐秦，希望认识你。”唐秦鼓足勇气，上前一步伸出手。

女生愣愣地盯着他，忽然“扑哧”一笑：“唐秦？你就是唐秦！”

“是啊。”

“听说你老爸现在做算命先生，以前是专业牌手；你老妈不堪重负，最终离家出走？你的事迹，我都有耳闻。”说罢，“黑蜘蛛”粲然一笑，飞奔而去。

我们都没料到，最终竟是这样的结果。一个男生愤愤不平地攥着拳头：“唐秦，让我去跟她打一架吧！”

“我从没想到，别人会这么看待我的爸妈。不管他们多不好，至少他们给了我生命。”唐秦颤抖着，摇摇头，不再说话。我们都沉默着，夕阳把脸颊晒得发烫，这一刻，我忽然觉得唐秦特别孤独。

6

“黑蜘蛛”使唐秦深受刺激，他的学习成绩本就吊车尾，后来更是惨不忍睹。唐秦与唐爸爸商量，与其继续在初中耗着，不如去学一门技术。初二的时候，唐秦转学去了本市一所技校。虽然我们仍在一个大院住着，但随着学习压力越来越重，与唐秦的生活环境越来越不同，大家几乎再没和他见面。

我们再次看到唐秦竟是从电视荧幕上。

那晚，我们正准备吃晚饭，妈妈忽然在客厅尖声大叫，我急忙擦擦手便奔向电视。是唐秦，精心打扮过的唐秦。曾让唐爸爸一举成名的选秀活动又开始了，没想到的是，唐秦会站上选秀的舞台。我全程盯着他的脸，他的歌声比杀猪还难听。一曲终了，评委苦笑："是什么促使你登上这个舞台？"

唐秦依旧不慌不忙地说："我爸爸是算命的，他算我必进决赛，必拿冠军。"

观众哄堂大笑。

唐秦继续说："我妈妈离开我们，去了很远的地方，我希望她能听见我的歌声，知道我很想念她。"

煽情音乐逐渐响起，已经有观众掏出纸巾。

唐秦继续娓娓道："我想通过歌声告诉爸爸妈妈，不管他们身处何方，做着何等低微的工作，我都会永远爱他们。"

中考前，我们学校加了晚自习，放学时，天色早已完全黑透。我们几个拖着一身疲倦走在路上，正前方的烧烤摊竟然热闹非常。我们驻足观望，在那些吃烧烤的男人中间，有一个正在卖唱的少年。那歌声，简直不堪入耳，男人们竟听得如痴如醉，一曲终了，大声叫好，不断催促再来一首。

烧烤摊老板上前介绍："各位，这位歌手就是通过选秀节目走进观众视野的唐秦。虽然他没有在比赛中获胜，但他善良的心却给大家留下深刻印象……"

唐秦！我们踮脚张望，那个被几十瓦小灯泡的光芒笼罩的歌手，正是唐秦！

唐秦架不住催促，继续用足以杀人的嗓音唱歌。但他笑得特别欢畅，看得出，他很快乐。

忽然，我们在一棵高大的松树后，发现一个熟悉的身影——在晚上都不肯摘下的圆墨镜，永久不变的厚底黑布鞋——是唐爸爸，他还是那副算命的架势。

过了没一会儿，我看见刚才塞给唐秦几十块小费的男人竟鬼鬼祟祟来到唐爸爸身边，出人意料地，从他手中取来一张百元大钞。

我瞬间明白这些男人为什么对杀猪一样的歌声那么感兴趣了。

我终于明白唐秦可以快速蜕变为让我羡慕的少年，又奋力扯下少年的外衣的原因了。在他身后，有一双永远推着他的手。

7

再次遇见唐秦，是12月25号，西方的圣诞节。对居住在这个城市的大多数人而言，只是再平凡不过的初雪之后第二天。天空霾得厉害，大雪铺满世界，车辆拥堵不堪。

我头昏脑涨地挤在闷罐一般的公交车中，书包里有一张“满江红”的试卷。我不知道以这样的成绩，如何迎接半年后的中考。

十几分钟过去了，公交车依然在乱纷纷的笛声中停滞不前。车上忽然一阵骚乱，一个女生尖声说：“快看，那是唐秦，唐秦！”

我立刻望向窗外，在雪白的路边，居然有一队光着膀子的年轻人。为首的男生身高逼近一米八，皮肤白皙，金发卷曲，鼻梁高挺，剑眉星目。

一年来，唐秦已小有名气，数天前我听大院的朋友说，某珠宝品牌进行宣传，邀请唐秦在圣诞节这天装扮成圣诞老人，进行半裸马拉松，以此博取关注。

寒风将唐秦裸露的皮肤吹得像朝阳一样红，他与旁人打着哈哈，把雪白的假胡须套在脸上。

我忽然很想和唐秦打个电话，问问他，唐爸爸还在当算命先生吗？唐妈妈回来了吗？还有，选择了跟我们完全不同的路，他一定不后悔吧，他一定活得特别开心吧？犹豫再三，我始终没按下那串朋友几年前告诉我，我却从没拨出去过的号码。

发令枪响起，十几个光膀子的年轻人踏雪前进，哈哈笑着，似乎无比快乐。

我的心脏狠狠跳动起来。

“开门！”我大喊，“司机开门！”

在众人注视中，我奋力跳下车，沉重的书包一甩不见，我如释重负，前所未有地轻松。

我踩着厚厚的积雪，雪花飞扬，漫天遍地，阳光被雪花折射，全世界都是彩虹。

我一边脱上衣，一边向那队年轻人飞奔而去。

唐秦，从出生到青春期，永远比我更快成长。再见到他的那一刻，我终于明确了自己的情感。我知道自己不可能取代他，只是希望能离他近点，再近点。我浑浑噩噩地活着，只有亲眼看到他时，才确定自己想抓住什么，只有变成他那样，我才不畏惧成长的艰难，不害怕未来的迷茫。现在，我终于变成了少年，我希望时间的脚步再快点，让我的蜕变期不再那么漫长。我告诉自己，余生要像他一样活着。

唐秦，这一回，我一定要追上你。

第 四 个 圆

墨霏_演员、主持人

不记得哪部电视剧里女主角曾经说过：“在我最美好的年纪遇见你，是我一辈子的幸运！”女人最美好的年纪是多少岁呢，十八？二十？三十？最好的自己又应该是什么样的状态呢？十三岁的豆蔻年华，十八岁的青春恣意，三十岁的黄金年华，四十岁的成熟魅力，还有五十岁的睿智，六十岁的从容，七十岁的慈祥，女人每个阶段都有不同的美丽，纵向去比较真的无法说清哪一段才是最好的自己。但我知道有一个开始，让我明白从那以后的每一天，不管岁月和环境如何改变，每天我都会遇到最好的自己！

想象一下这样的状态：每天阳光把你叫醒，你看着镜子中的自己，特别明白此时此刻的自己就是最好的自己，心存感激的一天开始了。在接下来的每一天，不会有惧怕、担心、彷徨、忧虑，目标明确地向着标杆奔跑，而我奔跑的动力不是外在的金钱地位，而是源于内在的平安和喜乐。内在需要的满足不仅帮助我找到明确的目标，还能让我战胜挫折、实现目标，并且享受整个努力的过程。

在整个生命过程中，每一天都是美好的一天，每一刻的自己都是最好的自己，我想这样的状态人人都想要。可是在三十岁前，这样的状态要么是从未想过，要么就是可望而不可即的。现实的种种都让人觉得生活有时真的很辛苦，幸福特别不容易，更别奢望遇到最好的自己了。

我想和你分享我是如何遇到最好的自己的，在这之前我先讲一个哈佛幸福课的主讲者泰勒的故事。

泰勒快要毕业的时候，找到了他的导师，希望导师能给他一些建议，帮助他找到自己不会厌倦的工作。导师拿给他一张白纸、一支笔，让他画一个大大的圆，并告诉他这个圆代表他能做的事情，所以第一件事是把自己能做的和不能做的分开；然后导师让泰勒在圆里再画一个圆，告诉他第二个圆代表你想做的事情，这两个圆的关系很明确——你想做的应该在你能做的范围内，否则就是好高骛远；紧接着，导师让泰勒在第二个圆里面再画一个更小的圆，第三个圆代表你真正想要做的；到这里还没有结束，在第三个圆里面还要画最后一个小圆。泰勒一脸茫然地看着导师，不知道最后最小的这个圆代表什么。导师一个字一个字地说："这是你自己真真正正想要做的，先在心里找到这个，然后在现实中去做。"

找到自己的第四个圆真的很不容易，可以说这世界上绝大多数人到死都没有找到，多数人都在前三个圆里，甚至有人一生都在第一个圆里，干着一份自己不喜欢不感兴趣的工作，只因为要养家糊口。前阵子有一种说法很流行："不要把自己的兴趣爱好变成工作，因为一旦这样，你将厌恶你的兴趣。保留枯燥的生活中唯一一点乐趣吧，培养一个纯粹的兴趣爱好。"听起来似乎很合理，细想起来就会发现这是完全割裂的人生。你的生命大部分都消耗在不感兴趣的工作上，自己能开心得起来吗？对你不爱的工作能有热诚吗？幸福感只存在于兴趣里，但是不能保留太久，因为生活时刻提醒你，你必须不情愿地回到你厌恶的工作中，这样才能换回下次的短暂幸福感。这样拧巴的人生何谈幸福，何时才能遇到最好的自己。

开篇我就说了，我每天都会遇到最好的自己，因为我找到了我的第四个小圆；但我的生命也曾拧巴得不行。

我是一名主持人，这是一份大多数人羡慕的职业——光鲜的外表，华丽的舞台，鲜花掌声，收入也不少，按说应该很满足。确实我也算比较容易知足，虽然幻想过大红大紫，但从未将此作为人生奋斗的目标，不自觉地对一些急功近利、不择手段上位的人持鄙视的态度，自持清高，感觉鹤立鸡群。现在想来，心里想着大红大紫但没去实现和拼命去实现大红大紫的目标，其内在动因是一样的，我也不比谁清高到哪里去，骨子里一样爱慕虚荣，渴望使自己荣耀。

从小我家庭条件中等，爸妈恩爱有加，从不吵架。我在学校算不上拔尖也能挤进优秀，就这样小学到大学一路顺风顺水。大学学的就是播音主持专业，要说我有多爱主持人这个事业，好像那会儿也没想那么多，就是觉得美滋滋的。上学那会儿我常常主持一些学校的活动，参加讲故事大赛，觉得说话能赚钱还能上电视，挺好。大学四年似乎没有好好上学，光顾着谈恋爱了，毕业以后顺理成章地去了江苏电视台实习，恰巧江苏卫视、东方卫视、浙江卫视三台合办了一个“江南才子才女风云会”，我被选入江苏战队，经过层层选拔，最终去到嘉兴参加总决赛。老天特别眷顾，那次比赛我阴差阳错地拿了第一名。说实话，我长那么大从没拿过第一，总觉得我和第一毫无缘分，也从不追求，突如其来的好运让我自己都始料未及。

家里人高兴呀，摆庆功酒，请亲戚朋友吃饭，感觉比中状元还热闹。我原本就是在江苏台实习的，现在拿了奖，台里自然希望与我签约，与此同时，上海东方卫视也向我抛来了橄榄枝。2005年的江苏台和刚刚改编的东方卫视不能比，那时自然的想法就是人往高处走，还没想过自己真正想做什么，也没想过自己的人生将要如何规划。

但我的好运似乎也用完了，我拒绝了江苏台的签约邀请，背起背包就去了东方卫视，折腾了几个月，最后东方卫视没要我。看清了社会和学校不一样，没那么单纯，我灰溜溜地回来了。再去江苏台找领导吧，觉得丢人；偏赶上男朋友说要去北京读研究生，分隔两地不如分手。一时之间感觉天都塌了，事业和爱情全没了，人生第一次知道什么叫乐极生悲。

于是我做了一个特大胆的决定——去北京考研究生，反正我有比赛获得的十万元奖金。爸妈很诧异，毕竟我从小到大都没离开过家。去北京的决定改变了我的人生轨迹，但这样的改变并不是出自我真正的内心，那时的决绝很大程度是因为受了男友分手的刺激。

来到北京也没能挽救注定要逝去的爱情，也不能就这么回家呀！既然说是来北京考研究生的，那就考吧！好在我还挺擅长考试，复习了半年时间，考上了中国传媒大学播音主持的研究生，那一年我二十四岁。

直至那一刻，我的所有人生选择都不是出自我的内心，考研究生完全是为了面子，选择播音主持专业是因为和本科专业一样，更容易考一些，仅此而已。所以要说我多热爱主持人这个工作，要将生命奉献给这个岗位，那纯粹是骗人的。

但是我不讨厌我的工作，除了偶尔熬夜还得浓妆录节目，频繁地飞来飞去，看到一些人台上台下两副嘴脸，我还算喜欢我的工作。就这样，我主持了一档又一档的娱乐节目，《娱乐现场》《最佳现场》《全球娱乐通》《影视风云榜》，等等。第一次做死一档节目的时候我还哭了，后来渐渐地麻木了，旧的节目一档档死掉，新的节目一档档出来，我和节目的关系也没有那么紧密，更没有什么感情，唯一紧密的联系就是我做一期能拿一期的钱。现在想来，那时我在从第二个圆接近第三个圆，但是还没到。

慢慢地，我开始厌烦娱乐圈的八卦、虚假励志故事、偶像对年轻人的负面影响，我也开始厌烦我的工作。此时，公司做了一档健康养生类的节目，让我一下子热情起来。做这个节目和以往的娱乐节目不一样，和三甲医院的中西医专家聊天，让我认识了人体这台精妙的“机器”。西医专家和中医专家带我从不同的角度全面地认识人，也可以说认识我自己，这让我对自己好奇，让我开始兴奋，感觉在工作中能够获得除了金钱、鲜花和掌声以外的满足，于是我去学中医，去考营养师的资格证。那时有一种内在的驱动力，和以前的升学考试完全不一样，那种渴望是发自内心的，我想那会儿我是找到了第三个圆。所以当我的节目面临危机的时候，我很紧张，因为它给我带来的不是外在物质联系，还有别的更重要的东西。于是我和节目的制片人、主编一起去找赞助商，和他们喝酒吃饭，求他们投钱，保住我们的节目。赞助是进来了，但节目似乎有点变味儿了，每一期的最后都会推出一个保健品，节目热线也变成保健品公司的推销电话。

随后养生节目开始泛滥，各个频道都开始做，都有植入药品和保健品。那会儿我在养生节目主持圈还算小有名气，也接到不少节目的主持邀约。

我的爸妈和亲戚被诓去参加某保健品大会，大会上就放着我的节目，我爸妈打电话告诉我，他们很骄傲地跟别人说这是他们女儿，亲戚一下子买了好几万的产品。当时仿佛有个声音对我说：“这就是你想要的？”我突然惊醒了，自己变成了保健品公司骗老人钱的帮凶竟浑然不知，我在干什么，这是我想要的吗？当然不是。于是我开始拒绝主持所有带植入广告的养生节目，我自己节目的保健品植入也停掉了，没有了保健品公司的赞助，节目维持了没多久也死了。

至此，我的人生标杆倒了，录完最后一期节目，大家都很难过，但是我并没有哭，只是很迷茫，心里空空的，似乎失去了方向。于是我重新回到了第二个圆，接一些喜欢的不喜欢的节目，演话剧、电视剧、电影，拍广告，主要是为了生存，毕竟一个人在北京，租房、吃饭、应酬都要花钱。我不快乐，因为我的标杆倒了，我的方向没了，我像一个无头苍蝇一样乱撞，突然萌生了快点把自己嫁掉的冲动。我像抓到了一根救命的稻草，婚姻这个目标似乎让人生有了方向。但可想而知，为了结婚而恋爱是多么可悲，也不可能幸运地一次就遇到真命天子，所以我就一次次尝试，一次次失败。

直到我放弃了这个不靠谱的短暂人生目标，开始了一场毫无目的的旅行，遇到了毕某人，后来他成了我的爱人。他的出现拯救了我的心灵和生命，但不是因他给我的爱情，而是因他的信仰。他带我走进他的信仰，让我第一次有那么平安喜乐的感觉，虽然我不明所以，但是心被填满了。我无比充实快乐，慢慢地，我开始有意识地寻找我的第四个圆。我能做关于主持和编导的所有工作，但我真正想要做的是传播健康、美丽、天然理念的节目，我想要让大家认识到真正的纯天然无添加，从而进一步去认识自己的内心，帮助更多人找到灵魂深处的匮乏并填满它。于是这才有了我现在的公司——福奥斯文化传播。福奥斯是希腊文的音译，翻译过来的意思是来自天上的光。我希望福奥斯制作的节目不仅仅可以带给大家纯天然无添加的生活方式，更可以成为照入心灵深处的一道光。

我想我找到了我的第四个圆，那种感受太美好，所以我才会说现在每一天我都会和最好的自己相遇。这是一件令人兴奋的事情，但要进入最核心的小圆并不容易，需要把属于外在世界的功利和名誉一层层地剥去，用真诚和勇气来面对自己的内心。有一本英文翻译过来的人生励志书叫《标竿人生》（*The Purpose Driven Life*），书的作者告诉读者，每一个生命来到这个世界都有其独特的目的，一旦能够用心去找到这个原始的目的，生命就会成为被真正目标驱动的人生。这和泰勒的导师说的最后一个圆极其相似。它会让你享受整个生命的过程，但又不会迷失方向，即使遇到挫折失败，也不会停下向着标杆前进的脚步。

找到第四个最小的圆，遇到最好的自己，需要很长的人生探索和一次又一次对内心的叩问，一旦找到，无比幸福！相信我，我找到了，你也可以。今天就开始去寻找，明天离最好的自己就又近了一点。

似 是 故 人 来

郭敖_作家，编剧

一个时间的故事

从前有座山，山里有个庙，庙里有个老和尚，老和尚在给小和尚讲故事。

我是一个小说家，讲过很多的故事，更多的故事躺在抽屉里，存在硬盘里，或者用手抄写在笔记本上。看过我故事的人没有几个，我爸爸是其中之一。这是我人生中爸爸给我讲的第一个故事，故事讲了很多遍，我又把它讲给我的女儿听，并且依然讲了很多遍。可能讲了太多遍，讲着讲着便忘记了该说些什么，更多的时候我分不清哪些是故事，哪些是生活。有时候我会想，从前的小和尚成了老和尚，从前的老和尚成为了从前的故事，从前的故事成了老故事，从前故事里的那座山究竟在哪里？从前的故事依然在传承，从前的故事现在的人依然在听，从前的故事到底应该从何处讲起。

有时候我会假装自己很忙，稿约不断，每天晚上都要写作，我认真地对待自己写的每一个字，希望更多的人能够读到它；我无数次幻想过自己的书能够出版，摆放在书店里，有一天，有些人，提及我的名字，抑或在街道上看到我，会惊讶地捂着嘴巴说："哦，这就是那个作家！"

事实上，我在一家市级的报社里写了七年的豆腐块，有寻人启事、失物招领、征婚启事，等等，即便是这些文稿，我都会认为它们是与众不同的。

那天是谷薇薇的婚礼，新郎是一个大她十七岁的周姓商人。婚礼现场去了很多老同学，对我们这群乌合之众，周老板嗤之以鼻。

我从远郊坐了几站公交车，最终步行到了婚礼的酒店，没有我想象的豪华，但排场也不小。我右脚皮鞋的一侧不知道什么时候开了胶，当我踏在干净的红毯上才突然留意到。

"嘿！老伙计，等你好久了！"我的脚刚踏入门口，一个沙哑的声音迎面传来。我还没有看清楚来人是谁，一只强劲有力的胳膊已经把我抱住。这个男人有狐臭，我厌倦地推开了，看见那张大饼脸，油光满面，一双绿豆眼盯着我，我欣喜地说："老武？武胜利？"

武胜利一把揽住我的肩膀往里走，一张圆桌周围坐满了人，他一只手拉开凳子，热情洋溢地说："坐！坐！坐！"

他连说了三个坐，突然板起脸说：“耗子！你这人太不厚道了，这一晃眼的工夫，咱们有十多年没见了吧！”

他叫我耗子，听到这个名字虽然有些厌烦，还是能感觉到几分亲切。读书时候的习性，班级里喜欢给人起外号，能摊上这么个活物已经算是万幸了，记得还有叫油条、二饼、锅盖的。

他若有所思地问：“你还记得那谁谁吗？那谁，名字到嘴边就是记不起来了。”

我完全不知道他在说谁，他突然想起来了：“闷三儿！这小子混得不错，搞什么影视定向基金什么风投去了！”

我对这个闷三儿完全没有印象，世界这么大，什么样的人都会有，想记住一个人并不是一件容易的事情。

二饼和锅盖几个人陆续地来了，大家各自介绍自己的情况，彼此交换名片的时候，个个都是总裁、高管，我的名片一直在裤兜里揣着，我这在报社里偶尔写点东西，主要拉业务的小编辑身份，到了也没好意思拿出来。闷三儿来的时候，所有人都喜迎过去，我礼貌性地从座位上站起身，冲着他点了点头。闷三儿就是张伟，当年班级里的痞子王，被开除了学籍后，我再也没有见过他。他刚入席，认出了我，“哟”了一声，故作惊讶，拿着一杯酒，走过来揽住我的肩膀，跟我碰了酒杯说：“曹大作家，失敬失敬！我是个大老粗，高中没读完就去当了兵，当了两年兵也就学了一手好厨艺。这两年做了几家公司，老天爷眷顾，赏口饭吃。我打小就特别敬重你们文化人，我这人，除了钱，啥都没有，就缺你们这样的文化人给我熏陶熏陶！”

话刚说完，他一杯酒全干了，然后抬起我手中的杯子，也要求我一口干了。我抿了一口放下杯子，推说不胜酒力。张伟悻悻地看着我，觉得失了面子。坐在我对面一直跷着二郎腿的二饼突然站起身，冷嘲热讽地说了一句：“都是老伙计，装什么相！”

“都是自家兄弟，别叫别人看了笑话。”武胜利看情形尴尬，端着酒杯过来解围，把我们两个人劝开，各自回到自己的座位上，其他几桌的宾客果然在看向我们。

这酒喝了一肚子气，看看时间，还要去接女儿彤彤放学，我站起身喝了两杯，想提前离开。正巧周老板和谷薇薇过来敬酒，二饼酒后说漏了嘴，说了不少谷薇薇的“绯闻”，周老板本就因谷薇薇不是头婚而耿耿于怀，此时更加不悦，强颜欢笑，其他几个人也笑得尴尬。

我辞别了这对不算新的新人，相比这些不关己的事情，我更关注我的鞋子。等电梯的时候，我用湿巾擦干净鞋子开胶处的脏东西，想着哪里可以修补，楼下补鞋的老头还在不在？老头在那里补了一辈子的鞋，似乎有阵子没有见过他了。

我每一刻、每一分、每一秒都活得小心翼翼，怕自己不小心犯错。年少的时候我喜欢画画，画画很简单，不像人生这么复杂，每一笔一画，都简简单单，画错的还可以涂掉，重新再来，每次都可以面对一张白纸，用心去雕琢每一个细节。

在电梯口，我见到了聂小欠，她现在叫Sophia。因她和某著名女鬼同名，又喜欢穿一身棉布的白裙子，披肩长发，我们都叫她鬼小欠。看到她那张脸，我依然会怦然心跳，好像一瞬间回到了那些年。我们在电梯口擦肩而过，她没有认出我来，我走出几步，想回头问候一句，电梯已经闭上，留下一股茉莉的清香。

我到学校门口的时候，彤彤正蹲在马路边。看着我风尘仆仆地赶过来，她嘟着嘴瞥了我一眼，像往常一样，跟在我身后回家，不同以往的是今天她连声爸爸都没有喊。

回家的路上途经菜市场，我买了几枚柴鸡蛋，两枚青椒，一张葱油饼——彤彤喜欢吃葱油饼，把菜夹在葱油饼里，经常吃得葱花沾在脸上，脸和袖口都是油渍。

回到家，我去做饭，彤彤扔下书包，搜罗了几包薯片，脱了鞋子卧在沙发上看电视。我拿着锅铲指了指她的脚，说："我说过多少遍，脚不能放在沙发上，坐要有个坐的样子。"

彤彤极其不满地瞥了我一眼，不耐烦地说："知道啦！"

饭菜做到一半，余嫣打电话回来，说公司加班，晚上不回家吃饭了，让我照看好彤彤。电话里确实传来她老板肥膘的声音，不过喊的是“喝，喝，感情深……”

菜粘锅了，我仓促挂断了电话。饭菜摆上桌，我喊了两三遍“彤彤来吃饭”，过了好一会儿，彤彤才姗姗来迟，只是坐在餐桌前，也不说话。看她闷闷不乐，我问：“是不是和男同学打架了？”

彤彤低着头，说：“没有。”

我看她不想说，便不再问，指着饭菜说：“赶紧吃吧，一会儿凉了。”

彤彤吃了几口饭菜，突然抬头看我：“爸爸……”

我放下碗筷问：“怎么了？”

彤彤支支吾吾地问：“在哪里才能看到你的小说？”

我摸了摸她的头，笑着说：“想听我读给你啊！”

彤彤一脸苦恼，这显然不是她需要的答案。她没有回应我，继续埋头吃饭。我看到她手臂上有瘀青的划痕，马上抓起她的手臂，问：“谁干的？”

彤彤没有直接回答我的问题，说："今天我们期中考试，我写了一篇《我的爸爸》，老师说我撒谎，说在书店里根本就没有找到你的书。"

我沉默了，不知道该说些什么，我甚至不敢直视彤彤的目光，可是她还在期盼着我能给她一个答案。我想告诉她价值的评判标准不止一种，可是对于一个孩子，这个话题似乎又太沉重。看着她那双清澈的瞳孔，我只能选择沉默，我不想告诉她说我在撒谎，虽然这似乎是最合理的答案。

吃完饭，我哄着她睡觉，像往常一样给她讲了一个故事，故事的内容就是"从前有座山，山里有个庙……"我刚讲了两句话，彤彤无可奈何地闭上了眼睛，说："好，我先睡了！"

我知道这个故事她已经听了上百遍，早就不耐烦了。她假装睡觉闭上了眼睛，然后偷偷睁开一只眼看我走了没有，看我还坐在床边，她说："要不要我讲一遍给你听，先哄你睡下？"

我找出她奶奶留下的复读机，放磁带的那种，我买了十几盒磁带，都是儿歌和儿童故事。当年这种复读机是名牌，我还记得当时拥有这台机器时兴奋的样子。这些磁带是我八年前在彤彤出生前就买好的，经过了我的精挑细选，我想给她这个时间所有美好的一切；今年彤彤已经七周岁，我每天播放磁带给她听。她跟我说过同学都在用平板电脑，这种老掉牙的东西早就跟不上时代的脚步了，还能够发出声音也是奇迹了。我不知道是时代走得太快，还是人们都在匆忙地度过这一生，我更不知道以什么样的节奏才能够追得上这个时代的脚步。

每到深夜里，我都会感觉到心慌焦虑，有时候会失眠，直到余嫣醉醺醺地回来，倒头便睡，我帮她脱掉鞋袜、衣服，倒杯白开水放在她的床头。我知道每个人都过得不容易，有些事情她不愿意说，我也便不问。

那天余嫣回来得很晚，凌晨一点钟，我假装睡着了，依稀闻见她身上浓重的烟酒味儿，偷瞥一眼，她脖子里还有一道吻痕。我听到过一些流言蜚语，说她的老板肥膘经常带她出入高端会所。这个城市就这么大，有些事情假装不知道，并不是不在乎，只是害怕失去，只是努力地在珍惜一段感情。

余嫣打了一晚上呼噜，我帮她放低了枕头，才慢慢地平息。睡前我擦干净了自己那双皮鞋，试着缝补破了的口子，虽然小心翼翼，却依然很丑陋。那天晚上我做了一个梦，一个很奇怪的梦——

我在一片荒漠中光着脚寻找自己的鞋子，不知道走了多远，走了多久，看到一棵不知道名字的树上，结满了五颜六色的鞋子，我光着脚在蓝天白云下手握着画笔。

我从梦中醒来的时候，天还没亮，起来喝了杯水，在客厅里坐了良久，我都不知道自己在想什么。看着墙上的照片，我想起了我的妈妈。

在我六岁的时候，妈妈送给了我一双皮鞋，这是我第一双皮鞋，她说如果你想知道自己的人生应该走什么样的路，就要知道自己应该穿什么样子的鞋。那双鞋很漂亮，是皮革的，殷红色。穿上它以后，村子里那条砖渣混成的泥洼路，也并没有因此而好走。

爸爸在一家化肥厂上班，每天骑着一辆大链盒的自行车，意气风发地走在上班和回家的路上。爸爸年少的时候很帅气，但瘦骨嶙峋的，捋起上衣时八根肋骨根根立现，因此村子里有人给他起了个外号叫“八根柴”。

爸爸高中肄业后去了临镇的一家化肥厂工作，最初的两年，他只是把这份工作当作一份养家糊口的营生。第三个年头，他成了化肥厂的劳模，每月的粮票和三十二元的工资，让他成为村子里的佼佼者。爸爸买了第一辆摩托车，那也是村子里第一次见到摩托车，但是它几乎只在化肥厂和家之间这条路上行驶过。

爸爸也有过梦想，我听他提及过几次，他曾经立志当一名戏曲演员，也曾想骑着一辆摩托车去远方。后来随着我们长大，他提及梦想的次数越来越少，到最后也许他自己都已经忘记了。

我曾经问过他：“爸，你不是一直想唱戏吗？”

爸爸沉思了良久，叹息道：“那只是年少不懂事，现在活明白了，知道现实是什么样子就行了。”

我说："爸，我买辆摩托车给你，好不好？"

爸爸笑了："身子骨都酥了，老了，骑不动了。"

时光对待每个人都是公平的，它从每个人的身体里汹涌而过，犹如凶猛的洪水。

妈妈离开以后，爸爸的生活很难自理，他经常忘记我是谁，我每次带彤彤去看望他时他也爱答不理。但他一直向见到的所有人炫耀，他有一个好儿子，是个作家，很有名气，写了好多动人的故事。

爸爸那天给我讲了一个故事——他说他的儿子最喜欢听故事——故事的内容是"从前有座山，山里有个庙"，我不耐烦地打发了他，这个故事我已经听得耳朵长茧了。当很多年以后，我再次听到这个平淡无奇的故事，我突然听不懂了。

一个未知的我

人生最孤独无助的时刻，无非是与自己、与时间对话时。那天晚上我在沙发上睡着了，听着滴答的钟声，我似乎回到了那些年被遗忘的时光。那是我第一次遇到聂小欠，她扎着马尾，在男生们的注视之下，从操场上走过，有人在吹口哨，有人在呼喊她的名字。那时情窦初开，连睡梦中都是马尾。

余嫣回来的时间越来越晚，经常到凌晨才回来，早上又浓妆艳抹地出门。她对自己的鞋子越来越挑剔，有一天，她拎着一双红色的高跟鞋回家，擦得锃亮。她经常一个人穿着高跟鞋跳舞，步伐笨拙，看着镜子里的自己，会突然被眼角的鱼尾纹吓到，一脸惊恐，手忙脚乱地用粉底去掩盖那些细微的纹线。

我做的饭菜大部分很难吃，唯一拿手的是韭菜炒鸡蛋。那天她突然把桌上的饭菜倒进了垃圾箱里，说吃韭菜对肠胃不好，问我究竟知不知道。这道菜我做了十几年，她还是把我问住了。我知道问题不是出在韭菜身上，有些话或许已经压在心底很久，只是找了个理由说了出来。

纸媒的客户越来越少，社长找我谈了几次，他没有把话说得太明白，只是想让我们多给年轻人一些机会，年轻人拥有大把的时间和青春，学习能力较强，懂得创造价值。

我找了一份给婚庆公司写文案的兼职，写一些奉承的喜庆吉言，尽量讨彼此的欢心。最初他们都说文笔不错，但措辞有些古板，我降低了稿酬，最终皆大欢喜。

最近晚上写东西的时候，容易手脚麻痹，握着笔的手经常会发抖，眼睛总是觉得疲劳，看着一些文字的时候视线变得模糊不清。我可能会再次丢掉文字，就像当年不知道什么时候丢掉的画笔一样。

我三十五岁的生日，余嫣忙于工作，忘了个干干净净，彤彤也完全记不得我的生日。为了奖励自己，我配了一副眼镜，仍然无济于事。医生说血糖稍微有些高，长期坐着，腰肌和脊椎的劳损有些严重，注意从作息和饮食上调整。

我从医院里出来，一辆轿车停靠在我的身边，车窗摇下来，车里的人摘下太阳镜——是聂小欠，她叫着我的名字："曹浪，果然是你，都快认不出来了。"

我坐上车，她穿了一件低胸的大红色连衣裙，握着方向盘，从上到下地打量着我，说："看背影就觉得像你，如果不是你弓着背，我都差点没认出你来。"

我唯唯诺诺地点头说："是。"

聂小欠兴奋地问："你来医院干吗？谁生病了？"

我藏起了手里的药，说："最近流感多，拿点药预防一下。"

她没有追究这个问题，继续问："晚上有安排吗？我知道一家西餐厅的牛排不错，一起吃个饭？"

我摸着兜里为数不多的钱，摇了摇头，说："还是算了，孩子一个人在家里。"

“你都有孩子了？什么时候的事情？”她雀跃地望着我，兴奋之余似乎还有些失落。她拐过两个街区，说，“那我请你喝杯咖啡吧，这么长时间没见了，叙叙旧。”

咖啡馆里人不多，我们坐在一个靠近窗户的角落里。我总有一种做贼的感觉，害怕此时此刻遇到熟人。

聂小欠点了两杯咖啡，一份薯条，一份鸡米花。她喝了口咖啡，然后捧着那张白皙的脸看着我，那双直勾勾的大眼睛毫无避讳，看得我脸颊发烫，好像回到了少年，犹如初次见面。

我躲避着她的目光，埋头喝咖啡，我点的是美式咖啡，不加糖，不放奶，很苦。她突然开口说：“哎！你知道吗，打初中那会儿我就特别崇拜你，竟然能凭空想象出那么多好故事，换作是我，连一件事情都捣鼓不明白，你怎么就能写成一篇小说呢？”

她说话的语气很诚恳，这个谜团似乎困扰了她很多年。我说：“就是随便写写，打发时间。”

“小说和生活有什么区别？”她问。

我从来都没有仔细地去思考过这个问题，甚至不敢直接去面对，这些年一直不断告诉自己，小说就像我的另外一个生命，一个秘密的地方，藏着我所有的梦想，我唯一能做的就是绝不放弃。没有人能够真正对别人的感情感同身受，每个人都会小心翼翼将最珍贵的东西藏在某一个秘密的空间里。

我思考了很久，终于亲手掐死了我的梦想，就在她的一颦一笑之间，就在我三十五岁的生日这天。

我笑着说：“比起小说，生活比想象的更辛苦！”

我终于承认了自己的普通，每天都机械地重复着平淡无奇的生活。我喜欢画画写作，我试着去幻想这个疯狂的世界有多少种荒诞的可能性；而事实上，我越来越发现这个疯狂的世界与我无关。

我一直在试着与自己告别，告别那些曾经念念不忘的事，那些放不下的人，那些优柔寡断的岁月。看到小欠，一切都凌乱了，她的一举一动还是会让我感觉到内心深处波涛汹涌，甚至连她点烟的动作，都是如此的迷人。

她点了一支烟，问我抽不抽烟。

我摇了摇头，说：“戒了，有段时间了。”

她呼出的烟味，我都能嗅得到一股清香。

那天她执意要送我回去，车子开到了学校门口，我去接彤彤。彤彤盯着小欠的耳环，说："我要那个！"

小欠愣了一下——那是一只纯金的耳环，镶嵌着钻石——"扑哧"一声笑了，摘下了耳环，塞到彤彤手里，说："好啊，送给你。"

彤彤喜笑颜开，我伸手夺过她手中的耳环，训斥她说："没有东西可以不劳而获，我要你记住，没有人会容忍你的任性。"

彤彤看着我板起的脸，眼眶突然红了，强忍着没有哭出来。小欠赶紧拉住我的胳膊，说："这么大人了，跟孩子怄什么气！"

我把耳环强塞进小欠的手中，把她送进车子里，彤彤倔强地转身离开。那天闹得很不愉快，回家后彤彤就把自己关在房间里，都没有出来吃晚饭。

第二天，彤彤一双眼睛肿得像核桃，煮了两枚鸡蛋在眼眶上滚了几圈才稍微消肿。那天吃完早餐，我带着彤彤去看望爸爸。彤彤很少跟她爷爷交流，勉强打声招呼，然后便站在旁边拉扯着爷爷的轮椅。

爸爸最近经常唠叨回忆里的事情，他把那些事情讲给我们听，从头讲到尾，直到他记不清楚了。

爸爸说这些年最让他引以为傲的事情，就是我读小学的时候，他领着我跟班主任打了一架，打架的缘由是班主任说我笨。

我清晰地记得，爸爸一拳打在了班主任的脸上，班主任的鼻血立时流下来，脸上、衣服上都是。我爸爸指着班主任的鼻子说：“我儿子不是笨，他只是老实，老实人不是用来欺负的。”

那一刻我觉得爸爸特别威武，是我心中的英雄。

但英雄的儿子当天就被学校开除了。爸爸从未因这一时的“英雄”后悔过，他带着我四处求学，几家学校都不敢收留。我哀求爸爸：“爸，就我这学习成绩，没有上学的必要了吧！”

爸爸很生气，严肃地警告我说：“我可以没出息，但是我的儿子不可以！学习才是唯一的出路，你要上学，还要上大学！”

后来我还是回到了原来的学校，原来的班级，好像一切都没有改变，又好像一切都变了。我不知道父亲是怎么做到的，只是他的情绪很低落。爸爸曾是军人，他觉得这个世界好简单，挺起腰杆就可以做人，我无法想象他四处托人，对人低三下四，苦苦哀求的样子。

读大学的那年，爸爸执意要送我去学校。他拿着生疏的地图，说着不标准的普通话，四处寻人问路，直到把我送进寝室里，叠好了床单被褥，在学校食堂吃了一碗米饭，才兴高采烈地离开。颠簸了一路，周身的疲惫并没有掩盖住他的兴奋，那种快乐发自肺腑。

当爸爸回忆过往的时候，我从来都不反驳他。记忆只是我们想说给自己听的故事，真实反而没有那么重要，很多时候我们会被自己欺骗，又何必一定要求个是非分明。妈妈离开以后，爸爸的精神世界好像一下子就空了，他那挺直的腰杆也慢慢地弯了下来。有些路走着走着便发现只剩下自己一个人，世界那么大，人生都很匆忙，一不小心走散了，也许这辈子都不会再见了。

一个熟悉的陌生人

小欠邀请我去参加她的生日会，那天还去了十几个比较熟悉的同学，其余是她生意上的伙伴。看着她跟几个男人勾肩搭背地唱歌，我喝了几杯啤酒。中途余嫣打来电话，问我为什么不在家中——她今天没有应酬，难得地早回家。我随口说在外加班，她也没有过多地追问。小欠一边跳舞，一边唱着一首粤语歌，看她过得挺好挺开心，我心中也替她欢喜。

那天酒喝到最后，只剩下我们两个人，跳舞的小欠突然停了下来，我们相互注视着对方，默默无言，只听到嘈杂的音乐声。

小欠看着我，突然哭了，我们相拥着，亲吻着。她身上有浓郁的香水味、酒精味，还有女人的体香；她的唇上沾着泪水，有些苦涩。最终我们都停住了，突然意识到，我们念念不忘了二十多年的爱情，在这一吻中画上了句号。跟我们梦寐以求的爱情不一样了，似乎失去了什么，我们不知道哪里出了问题。

我们走在夜色弥漫的都市街头，灯光昏暗，她突然站住了脚步，说："我们重新开始好不好？"

"你喝醉了。"我安慰她说。

她抽了我一个耳光，突然扑过来趴在我肩上哭，身体都在颤抖。她哽咽着说："连自己的喜欢都不敢说出口，怎么会快乐？"

我说："快乐并不是最重要的，生活才是。"

那天我们沿着柏油路走了很久，这条路似乎没有尽头。

她突然在黑暗里停了下来，问："如果人生可以重来，你想做些什么？"

我不知道该怎么回答，如果人生需要再来一次，我一定会选择放弃这个机会，不是因为懦弱，只是想更坚强地走下去，珍惜所拥有的一切，无论这一切有多糟糕。

我笑着说："如果人生可以重来，我想做一个简简单单的人。"

"这个世界上从来就没有简单的事情，更何况，最难的就是做人。"她叹息着说。

那天晚上，似乎回到了很多年前，我和小欠背靠背坐在操场上，仰望着星空。这场景很美，美到我都无法分辨出它究竟有没有发生过。

她问："你见过白蚁山吗？"

我说："我没见过白蚁。"

她说："你应该去看看，白蚁很平凡，也很渺小，却拥有无穷无尽的力量。"

我说："白蚁山我没见过，不过我见过尧山，我爸爸当兵的时候带我去的，那里的石头像人。"

她问："我跟你说尧山了吗？"

我说："我们说的不是一回事。"

图书在版编目（CIP）数据

我多么想和你见一面 / 七堇年等著 ; 郭敖主编. -- 北京 : 北京时代华文书局, 2017.6
ISBN 978-7-5699-1629-4

Ⅰ. ①我… Ⅱ. ①七… ②郭… Ⅲ. ①故事—作品集—中国—当代 Ⅳ. ① I247.81

中国版本图书馆 CIP 数据核字（2017）第 126396 号

我多么想和你见一面

Wo Duome Xiang He Ni Jian Yimian

著　　者 | 七堇年　等
主　　编 | 郭　敖

出 版 人 | 王训海
选题策划 | 曾　丽
责任编辑 | 曾　丽　石乃月
特约编辑 | 王　磊　七三离川
装帧设计 | 蔡小波　王艾迪
封面插画 | 咖啡色
内文插画 | zheng 某某
责任印制 | 刘　银　范玉洁

出版发行 | 北京时代华文书局 http://www.bjsdsj.com.cn
北京市东城区安定门外大街 136 号皇城国际大厦 A 座 8 楼
邮编：100011　电话：010-64267955　64267677
印　　刷 | 北京京都六环印刷厂　010-89591957
（如发现印装质量问题，请与印刷厂联系调换）
开　　本 | 880mm×1230mm　1/32　印　　张 | 7.5　字　　数 | 182 千字
版　　次 | 2017 年 10 月第 1 版　印　　次 | 2017 年 10 月第 1 次印刷
书　　号 | ISBN 978-7-5699-1629-4
定　　价 | 45.00 元

面对告别这种事情，
没有人可以做到毫不在意。

有些相遇，
说起来叫人无法抗拒，
却又莫可奈何。

更多精彩阅读

我们的年轻，
柔软而硬气

作者：卷毛维安

明天我要去冰岛

作者：嘉倩

你在不怨的世界里，
成了更好的自己

作者：奶茶熙

没关系，
你来得刚刚好

作者：岸上行走的鱼

万一我们
一辈子单身

作者：少女绿妖

万能少女旅店

作者：夏不绿

有些日子，
你总要自己撑过去

作者：眷尔　孙玮

我很好，那么你呢

作者：文吉儿

慢慢来，一切
都会是期许的模样

作者：轩雨幽冉

初恋天使

作者：何楚舞

把时光画成
你想要的样子

作者：许匡匡

第十九届新概念作文
获奖者作品精选 A、B 卷

主编：刘奔三

我的意中人是个盖世英雄，

有一天他会踩着七色云彩来娶我。

曾经

有一份真诚的爱情放在我面前，我没有珍惜，

等到失去的时候才后悔莫及，

人世间最痛苦的事莫过于此。

如果上天能够给我一个再来一次的机会，

我会对那个女孩子说三个字：我爱你。

如果非要在这份爱上加上一个期限，

我希望是——

一万年。

大話西遊 叁
A CHINESE ODYSSEY
PART THREE

韩庚
至尊宝
大话西游Ⅲ
A CHINESE ODYSSEY
PART THREE

唐嫣
紫霞
大话西游 III
A CHINESE ODYSSEY
PART THREE

二十年，《大话西游》和每一个我

刘镇伟　《大话西游》系列导演、编剧

2015年农历新年，我陪太太去泰国度假。每日的固定行程，除了陪她和她的姐妹逛街吃饭外，还有一项就是每天早晨起床之后，逐一阅读手机里的未读短信、微信、邮件，然后回复。多年的习惯，她不会在我工作的时候打扰，只是在我终于处理完手机里的消息后，她有些诧异，原来等我抬起头来的时候，已经是中午时分。太太知道我是一个机械操作类白痴，对于电脑、电话这类冰冷的机器铁块一般并没有太多的热情，便问我："这个戏有这么多工作，有这么忙吗？"

是啊，这个戏，怎么这么忙？

入行已经三十多年，当导演都快三十年了，似乎从来没有一部电影如同《大话西游3》一样，或者说如同《大话西游》一样，于我有着如此不同的意义。

二十年都过去了，沧海桑田世事变化，虽然太太依旧美丽，但是我却已经是老人家。曾经被香港影评人骂得一钱不值的电影，似乎变成了华语电影不可逾越的一座高峰。这些年在内地，遇到越来越多的年轻人，见面的时候就激动地说：“刘导演，我是看着您的戏长大的！”而我通常的回答就是：“哦，拜托，我还很年轻好不好！”不过，他们通常说到的，都是这四个字：“大话西游”。

二十年都过去了，似乎什么都没有做，似乎从某个时间点开始，我就在等着这个时刻的到来，来重新开始做这个事情，然后和之前的首尾相接。也好像我真的有一个月光宝盒，一打开“咻”的一声便回到了很多年前。一转眼，已经过去好久了，但是我竟然又开始拍《大话西游》了。

我知道很多内地的朋友，尤其是喜欢《大话西游》的朋友，都会对再拍《大话西游》的事情耿耿于怀，因为毕竟那是他们心中的“经典”。在几次的记者见面会，甚至更久以前的这二十年间，总有人会问到“经典”的问题。

其实，这个“经典”一直是二十年来，观众尤其是内地观众赋予《大话西游》的。从一开始，《大话西游》就只是一个顽皮的编剧想写的一个任性的故事而已。

我记得在很小的时候，陪母亲看大戏，看着舞台上那个上天入地无所不能的孙悟空，我就一直在想，这个唯我独尊的齐天大圣，为什么会保着一个手无缚鸡之力的和尚去西天取经呢？我又想，一个手握重一万三千五百斤的如意金箍棒的美猴王，虽然头戴金箍被掣肘，但为何不趁唐僧熟睡之时来上一棒，再去花果山水帘洞乐得逍遥自在？我还想，拥有七十二般变化、拔下毫毛便可以幻化出若干分身的孙悟空，为何不复制一个甚至多个自己，去陪着那个肉眼凡胎走十万八千里的漫漫取经路？

所以，面对那厚厚的《西游记》的时候，我就特别想请出吴承恩先生，问个究竟。

所以，当1994年，我的好朋友开自己的第一家公司，准备自己的创业作品时，我就跟他说起了我关于《西游记》的种种想法。

我对他说，我想写一个不一样的《西游记》，比如孙悟空爱上了某个美貌天仙……

我眉飞色舞地跟他讲故事，但大概“孙悟空谈恋爱”这个想法吓坏他了，看着他下巴快要掉下来的样子，我心中暗笑。原本我心中设想的是孙悟空是个女人，因为爱上了唐僧才女扮男装陪着他，那样岂不是更惊世骇俗？

不过事实证明，我的这位朋友是对的。

即便还没有拍那个惊世骇俗的想法，只是拍出了一个任性的、自认为好玩的故事，对于当时的观众而言，还是不能接受。电影上映之后，虽然两部电影的票房分别排在了当年香港电影票房榜的第四位和第六位，但是依然有人不停地骂我，说孙悟空怎么能谈恋爱，说因为孙悟空谈恋爱所以片子不好笑。虽然我并不懂让孙悟空谈恋爱和不好笑之间有什么关联，但反正就是大家都不喜欢。被骂得太惨了，所以我就退休回家了，陪太太和出生的女儿，买买菜做做饭。

对了，我的这位朋友叫周星驰，在把《大话西游》奉为经典的朋友们心中，他有另外一个名字：至尊宝。十九年之后，他拍了一部关于《西游记》的故事，很多观众都说，那是至尊宝写给紫霞的一封情书。

在最鼎盛时期退出电影圈，香港电影圈恐怕没有几个人这样做。当然如果这个故事到此结束了，那就没有后面的一切。恐怕在整个香港乃至华语电影的范畴内，都没有如同《大话西游》一样奇怪的电影了，我在加拿大安心当了两年奶爸后，我的一个搭档——那个在我走的时候眼神很失望的家伙——兴奋地告诉我，现在这个电影火了，很多人都很喜欢这个电影。接到他的电话我一点也不兴奋，因为我觉得他根本就是在说谎——在香港被骂得要死的电影，怎么会在几年之后突然受到夸奖呢？于是我根本就不理他。谁知道后来，我的另一位朋友也打电话来说这部电影火了，而且他还告诉我一个我至今也不是很理解的词汇：后现代主义。

电影火了，我还在遥远的加拿大陪着太太和孩子，直到被我的这位搭档“诓”回来拍了一部叫作《天下无双》的电影。

哦，对了，我的这位搭档和我一起做过一个泽东电影公司。

既然回来拍戏了，就又有人不停跟我说《大话西游》了。恰逢2004年，于是又有很多电影公司来找我，说十年了，能不能再拍《大话西游》？我很诧异，不知道过了十年，大家真的看懂《大话西游》了吗？

于是，我又任性了一把，这一次的故事，比上一次有过之而无不及——唐僧把妹，妖怪大战外星人，金箍棒变身宇宙飞船，种种大胆的挑战居然得到了一致认同。而且更重要的是，十年了，华语电影的特效进步神速。我记得在十年前做《大话西游》的时候，我对特效公司说，我要把一座城扇到太阳上去，我清楚地记得，特效公司的人对我说："导演，我们做不到！"而今，我提出了一系列更加复杂的想法，还是那家特效公司，那位十年前还是普通工作人员现在已成为技术主管的负责人跟我说："导演，我现在终于明白你十年前跟我说的是什么了，我想跟您说，当时我们真的在心中说，你是神经病吧！但是今天，我们可以实现您提出的所有想法了！"

片子拍出来，票房成绩还不错，不过依旧有很多人骂我，说我江郎才尽，说炒冷饭。当然我也并不在乎，因为这些话，在十年前我就已经听过若干遍了；而且，其实大家都没有明白，这部片子叫《情癫大圣》，和《大话西游》没有什么关系啊，顶多就是主角都是孙悟空，硬要算起来，也只算是外传。

再之后，依然不停地有人来找我，问我能不能拍《大话西游》。于是我又拍了一个故事，这个故事跟之前有没有关系？答案是既有也没有。反正这里面既没有紫霞和至尊宝，也没有紫青宝剑，只有一个神经质的小神仙和一个有点废柴的山贼。骑白马的不一定是王子，拿着月光宝盒的也不一定的是孙悟空。所以我把片名定为《越光宝盒》。

当然，这次骂我的人更多了些。有人劝我退休，有人要我滚蛋，只是我不明白，如果真的不喜欢可以不看，一边看一边笑一边骂是一件很奇怪的事情。而且，这算上去，不过就是《大话西游》的歪传罢了。

2014年，又一个十年过去了，这一年，不出意外地又有人找我拍《大话西游》，而这次我答应了。当我开始动笔的那一晚，我发现似乎有点收不住，古人说“文思泉涌”，那一晚似乎就有点这种感觉。我仿佛看到二十年前的那些老朋友们一个个走上前来，跟我打招呼，跟我说，嗨，二十年了，好久不见!

我知道，这一次，不是外传，不是歪传，而是真真正正的《大话西游》。

于是，在二十年后的银川，我又一次看到了阔别多年的至尊宝、紫霞、牛魔王、牛香香，这么多老朋友一个个又出现在我面前，或熟悉，或陌生，我们又一起完成了一个开心的旅程。

说到银川，在这里我想多说几句。这一次去银川拍摄之前，年轻的演员们总会问我，银川是不是条件艰苦？我一直告诉他们，去了你们就会爱上那里。也许真的是《大话西游》给大家的印象太深了，二十年过去了，大家还依旧觉得银川是如同电影之中那样黄沙漫天。其实七年前我在银川拍《越光宝盒》的时候，银川就早已是一派繁华的景象了。宁夏的朋友告诉我有句话叫“千里黄河富银川”，其实一点都不假。站在黄河岸边看，一边是大漠黄沙，另一边是沃野千里，绝对是一种奇观。当然，在这一次的《大话西游3》之中，大家依旧只能看到那熟悉的城门、熟悉的沙漠和熟悉的一切。

也许冥冥之中一切注定，《大话西游》就是我的一面镜子，在《大话西游》里面，我可以看到每一个自己。

五座城市与一部电影

陈亮　《大话西游3》监制、制片人

有时候我们总会希望，在自己经历的每一个重要的时刻，都有着一个永恒的、标志性的地点，可以一直留在记忆之中，若干年之后偶尔不经意地路过，就会想起当初的种种。不过也许更多时候，风云际会都只是在转瞬之间，我们在不知不觉之中经历着一切，等到再回头去看的时候，发现那段记忆已经模糊。

横店 · 无名小店 · 刘镇伟

记得2014年6月，我和妻子去浙江探刘镇伟导演的班，彼时他的新片刚刚在横店杀青。我做记者时也曾经去过横店几次，每次都是来去匆匆，我个人对于这种Cosplay般的复制景点也不甚感兴趣，所以对于横店我几乎是一无所知的。我记得那天天气不算很好，车下高速转至横店的时候，远远望见那个著名的雕塑，我竟然没有任何的反应，更别提去拍一张“到此一游”的照片了，现在回想起来，似乎有些遗憾。

因为当时的我根本无法料想到，在此后的几个小时内，我们和刘镇伟导演商谈的内容，于刘导，于我，于很多人，都会有着特殊的意义。

我记得在横店的贵宾楼，我和导演匆匆一见之后，他要去处理一些事情，于是嘱咐我们先去影视城转一转，看一看横店的成功。但我们仅仅在明清宫苑转了五分钟，原本延绵的江南毛毛细雨，竟然无征兆地变成了中雨，这让本是南方人的我都有些错愕。

晚上，我们和导演在横店的一个小小的饭店吃饭，说是小小的饭店，是因为我真的完全不记得这个饭店的名字了。这是在中国任何一个城镇都能够轻而易举见到很多家的寻常小馆而已，然而，就是在这个无名小店的二层，一个条件很普通的包间之中，刘导扔给我们一个惊人的项目！

刘导说他希望和内地的一些电影人合作，也希望给内地年轻的电影人一些机会，问我有没有兴趣担任他的监制。当时我的脑子是蒙的！在此之前我理解中的监制，都是比导演名气还大的、有着丰富经验的、能够帮助导演搞定很多导演搞不定的事的人，而让我做刘镇伟导演的监制，这是我想都不敢想的！而后，刘导则更加云淡风轻地说了一句："亮，我们做《大话西游》如何？"

我的心中升腾起无数的问号，我定睛看着眼前这位比我父亲还年长几岁的人，这张脸庞是很熟悉的，因为我是看着他的电影长大的。虽说我并没有像很多人一样对《大话西游》那般痴迷和追捧，但也不可否认，这两部电影我看过很多很多遍。我清楚地记得上大学的时候，电脑还不似现在这般普及，更不提智能手机和平板电脑了，我们宿舍几个人围着一台三百块钱买的二手21寸彩电，用VCD机看《大话西游》；看得久了，室友们竟关掉声音，去给每个角色配音。而今，刘镇伟导演居然邀请我和他一起，合作这部每句台词我几乎都可以倒背如流的电影，我简直不敢相信自己的耳朵。

我可以料想，一旦"刘镇伟再拍《大话西游》"之类的字眼见诸报章，山呼海啸般的质疑会铺天盖地而来，因为它承载了太多人的回忆，太多人的青春，太多人的成长，对太多人有着不一样的意义。所以，当刘镇伟导演对我发出邀请后，我说的第一句话是："导演，《大话西游》是一个好项目，但是真的很难做！"

然而导演淡定地说："难做，就是可以做！"

在那一刻，我忽然觉得，眼前这位老人家似乎变成了一个充满活力、无所畏惧的年轻人，他的胸中凝聚着一团火焰，毫无顾忌地去挑战那个在外人看来不可能完成的任务。

北京·郡王府·吕建民

在横店的无名小店确定了拍《大话西游》之后，2014年9月30日，在北京东四环边的郡王府，电影项目正式签约了，签约的甲方是吕建民的公司。

在签约之后，很多人都问我同一个问题：吕建民是谁？

我跟别人介绍说，他是地下电影教父，我认识快十年的朋友。吕总已经做了三四十部电影，但是在外人看来似乎没有一部可以叫得响的，若干年前曾有媒体给他冠以"地下电影教父"的美名，不过第六代导演一直不是大众视野内关注的焦点，更别提这群导演背后的一个推手。

一年后，我再跟别人介绍吕建民，会说："吴京《战狼》的投资人！”我记得在《战狼》成功之后有次和吕总碰面，他一直很不忿，原来他刚刚看到一本电影杂志给他做的深度专访，长达八页，让他不忿的是开篇的一句话：“《战狼》背后，除了大明星吴京之外，还有之前一直默默无闻的吕建民。”他说：“我十几年做了几十部电影了，怎么就默默无闻了！”

时至今日，我也不忌惮说，当初选择吕建民作为合作对象，是因为我觉得他是一个“赌徒”，而这一点上，又很大程度上契合了我当时的心态。

在我的理解之中，《大话西游》是华语电影之中难得一见的超级IP，有基础、有认知、有情怀，但是面对的压力也是可想而知的。所以，选择《大话西游3》实际上就是选择一场豪赌，在一把定输赢的电影市场上，成功会风光无限，有如《战狼》，从“默默无闻”变成“名满天下”。

但是在最初，很多人并不这么认为。我记得曾经有几家融资洽谈了很多轮，开出了若干的条件，比如要请到某个演员。而这又会陷入一个“先有鸡还是先有蛋”的死循环之中。

退回到郡王府的那天晚上，我问吕总，有没有想过如果项目做不成怎么办。我记得吕总的眼睛中闪烁着光芒，他说：“我相信《大话西游》，我相信刘镇伟！”那种光芒，我在20世纪90年代的香港“赌博片”之中经常见到。

香港·广东道·元奎

说起元奎，很多人会觉得又熟悉又陌生。不过说到他导演的李连杰主演的电影《方世玉》，恐怕很多人都会记忆犹新，而再说起电影中那个总是把“闯荡江湖，安全第一”挂在嘴上的有些木讷的大师兄，很多人便会恍然大悟：原来是他！

喜欢香港电影的朋友往往会说“文张武徐”，指的是擅拍文艺片的张之亮导演和长于动作片的徐克导演，但实际上两位鲜有合作，而在香港影坛公认的黄金文武搭档之中，“刘镇伟+元奎”的组合恐怕很难有人能够望其项背。两人的合作始于20世纪80年代末的《尸家重地》，这部票房500万的恐怖片让两人结下常人难以想象的默契，而此后再度联手制作的《赌圣》，一举打破了香港电影票房纪录，并将当时还是二线小生的周星驰送上了一线巨星的行列。此后两人多次联手，奉献过诸如《方世玉》《马永贞》这样的佳作。

当然，我也曾经问过刘导，当年两位合作如此默契，为何1994年拍摄《大话西游》时他没有请元奎做动作指导，而刘导则笑而不语。世间总有些事，是不可以参透的。所以在二十年后再拍《大话西游》，元奎担纲动作指导自然是当仁不让的。

我跟刘导说，我很羡慕他有一个合作二十多年的老搭档。而刘导则跟我讲了一件趣事：他曾和太太闲聊时发现，太太小时候住在元奎他们七小福的隔壁，每天早上都会看到七小福在隔壁大厦的天台练功。所以他们的缘分，其实是一早就注定的。无论这段记忆是否准确，这二十多年两人患难与共、肝胆相照却是不争的事实。

我和刘导戏言，按照现在的标准，七小福应该是亚洲第一代男子天团，而且还是以唱跳见长的组合。也确实如此，元奎和他的师兄弟元龙（洪金宝）、元楼（成龙）、元彪、元华、元彬等人，都已经不是偶像两个字可以概括的了，我更愿意用一个网络词汇来形容：大神。

而我没有想到，我第一次见到这位“大神”，居然是在香港九龙的广东道。

2014年11月，我来到香港，因为刘导告诉我，元奎导演已经答应出山，来担任《大话西游3》的动作指导。在约定时间，我到刘导所住酒店，他告诉我，元导马上就到。很快，那个陌生又熟悉的身影就晃过来了，那一刻，我真的有些许的恍惚。

我们一起吃饭的地方离酒店不远，大家沿着广东道慢慢走着。在两位前辈面前我有点语无伦次，而元导则满不在乎地跟我东拉西扯。他指着路边的小店告诉我，香港以前不是这个样子的，以前没有这么多晃眼的金店，没有这么多密集的奶粉店。我说："是啊！"他很诧异地说："你怎么知道之前的香港？"我笑着对他说："我们这一代人所认识的香港，都是《古惑仔》里那样……"

吃完饭回程时，我刻意让两位老友走在前面，我在后面看着这两位曾经制作出让我一遍遍观看的电影作品的前辈，那一刻，我仿佛看到了十几年前那个懵懂的小镇青年。

北京 · 一号地 · 马德帆

《大话西游3》不好做，作为编剧、导演的刘镇伟承受着巨大压力，而另外一个重要的职能部门——服装设计，也会承担巨大的压力。首先《西游记》这样的传统故事，其服装设计不能完全天马行空，必须具备相应的历史背景；作为《大话西游》的第三部，其人物和服装设计又不能完全打破二十年前的基础设置；但作为创作者，又不可能因循守旧地复制二十年前的设计。所以如何继承地发展就是摆在服装指导面前最大的困难。

而我经常跟朋友说，马德帆老师是我在《大话西游3》项目之中捡到的最大的“宝贝”。

当时我的几位朋友都不约而同地推荐马老师做《大话西游3》的服装指导，但是查看她之前的电影作品，我却有些担心——《云水谣》《周渔的火车》《山楂树之恋》《白鹿原》……都是有着浓厚历史沉淀感的作品，所以是否能够符合刘导此次对于《大话西游3》的要求，我们都有所疑惑。

而然，第一次在马德帆老师的工作室相见之后，我就打消了所有的疑虑。归途，刘导问我觉得马老师是否可以担纲，我认为马老师对于色彩的把握应该是非常大胆和准确的，因为马老师的另一重身份是书法家，但她的书法大气饱满不孱弱，行云流水之间还有浓淡深浅，所谓“运墨而五色具”，能够用单一的墨色在白纸之上呈现出焦、浓、重、淡、清的五色，足见其对于色彩的把握之精准。而后来事实证明，马老师不但是大胆而准确，更是前卫而毫无拘束，记得有位不满十八岁的朋友，第一次看到马老师的孙悟空设计图时惊呼：“太酷了！”

马老师的工作室在北京东郊的一号地艺术园区，这里不似798般喧闹，小小的园区也没有798那样巨大的厂房。马老师好茶，有朋友来坐她会煮茶相待，无友来时她也会在此读书写字。最难得的是，时光仿佛在此停滞，在纷纷扰扰的现代社会，能够保持这样一份宁静，是多么难得的幸福。

马老师是西安人，她说小时候几乎是泡在碑林之中长大的，因为家离得近。那时候碑林的唐碑宋碑等珍贵石碑，还没有被冰冷的玻璃罩住，她尚可以亲手触摸那些穿越千年的笔锋，而这些现在已经浸透在马老师的笔墨之间。更难能可贵的是，因循却不守旧，马老师的作品，不仅有历史感，更有一种现代气息。她现在致力于做一件事情，就是在每一处有代表性的地方，创作一幅作品。八月，马老师在法国做了两场展览，就在塞纳河畔做了一次书写；而七月在银川，马老师也在西夏王陵和黄河岸边做了两次书写，遗憾的是因为下雨没有能够在明长城旁边做一次书写，但愿未来有机会陪马老师完成这个心愿。在西夏王陵的土台之上，一袭长衫的马老师执笔伫立，仿佛古代剑客般潇洒，那份雍容自在气度，仿佛与世俗无关。

银川 · 镇北堡 · 死于非命

恐怕很少有人会想到“死于非命”是一个女孩的外号，准确地说这个外号的主人是一个女人，一位有个四岁女孩儿的妈妈。她有着不错的相貌和身材，是我在银川认识的几位朋友之一。

她是刘导在银川的朋友公司的一位员工，而这位银川的朋友帮助我们剧组做了很多当地的地接工作，为制片组省去了不少的麻烦。我们初到银川时，对方盛情接待，席间就有银川地区常见的一种助兴手段：玩骰子吹牛。这位身材曼妙的女子有着西北人特有的爽快和耿直，她自诩擅长此类游戏，可惜却碰到剧组另外一个工作人员，此人号称“九龙骰王”，两人比试之下，她完全“死于非命”，从此，刘导便送她这个外号。

也许是《大话西游》给人的印象过于深刻，说起银川，我相信很多人跟我的第一反应一样：漫天飞舞的黄沙之中，孤独的古堡之上，夕阳武士和美丽女子的深情一吻。我很喜欢去电影的拍摄地，但并不包含影视城；但是，镇北堡西部影视城则是一个特例。

《大话西游3》的拍摄完全是在银川完成的，但是在镇北堡的拍摄一直要等到拍摄的末尾，所以在拍摄的间隙，我生日后的第三天，乘着全组休息日，我终于按捺不住，去了这个我惦念了许久的地方。而那一天，同去的就有这位“死于非命”。

那时候“死于非命”正在做一个项目——夜游镇北堡，就是在夜晚的镇北堡做一个实景真人秀表演。这个项目已经执行了两个月，她几乎每日晚间都在影城，于是我自然想到要请她带我游览一番。没想到，相熟的镇北堡工作人员硬是安排了一位导游，虽然我并不喜欢听导游天花乱坠的讲解，但是盛情难却，倒是“死于非命”一直一副大惊小怪的样子，惹得我直感叹：“您真的在这里待了两个月吗？”

其实我关注“死于非命”，完全是因为她于我而言，是一个非常重要的人群的代表，用这两年电影圈流行的一个词来形容，她就是典型的“小镇青年”的代表。我愿意去听取她的一些意见，从而去了解更广泛的观众群体。

也许是她身上的这种“小镇青年”的特质吸引了我，我们很快成了无话不谈的好朋友。我更愿意说这是一种缘分。缘聚缘散，谁又能说得清楚呢？就像《大话西游》在镇北堡取景，让这个默默无闻的西北边陲小镇的破败古堡变成了蜚声海内外的西部影视城。二十年过去了，我们走到那城墙之下，倾听卢冠廷的歌声，又怎能不潸然泪下？

苦海，翻起爱恨；
在世间，难逃避命运；
相亲，竟不可接近；
或我应该，相信是缘分；
……

至尊寶
韩庚饰
大話西遊 III
A CHINESE ODYSSEY
PART THREE
总出品人 吕建民
导演 刘镇伟
编剧 技安
出品公司 春秋时代影业

紫霞
唐嫣 饰
大话西游 III
A CHINESE ODYSSEY
PART THREE
吕建民
导演 刘镇伟
编剧 技安
出品公司 春秋时代影业

A CHINESE
ODYSSEY
PART THREE
大话西游
III

人总是要醒的。

某一天，醍醐灌顶，有些人，有些事，不是你的就不是。

我原本以为我是一只没有脚的小鸟，其实我是一只断了线的风筝。

所谓自由，不过就是一种漂泊。

我错过一次辜负我爱的人，

*人生总要一死，你说这人世间的情侣都像你这么想的话，
恐怕自己剩下的就只有伤心了。*

你的良心告诉我，其实你心里边最爱的不是我，
而是另外一个女人。

在 感 情 的 世 界 里 面 ， 明 明 爱 得 要 死 ，

却 又 不 可 以 承 认 ． 简 称 叫 苦 衷 。

我曾相信命由天定，可是我现在相信人定胜天。
我一定要改写这个悲剧。

爱过方知情深，醉过方知酒浓。

人生只有一次，绝不可以错过！

爱一个人需要理由吗？

不需要吗？

需要吗？

骗就骗吧，就像飞蛾一样，
明知道会受伤，还是要扑到火上，
飞蛾就这么傻。

我 那 么 喜 欢 你 .

你 喜 欢 我 一 下 会 死 啊 ？

原来那个女孩子在我心里流下了一滴眼泪.
我完全可以感受到当时她是多么的伤心。

金箍戴上之后你再也不是个凡人，

人世间的情欲不能再沾半点。

那个人样子好怪啊！

我也看到了，他好像条狗啊！